回復術士的重啟人生
~即死魔法與複製技能的極致回復術~

9

Kadokawa Fantastic Novels

凱亞爾
覺醒為真正勇者的回復術士。
紅蓮
吸收凱亞爾葛與他同伴的魔力以及心靈為養分而誕生的神獸。雖然優秀卻會忠於慾望的狐狸。
芙蕾雅
被改變容貌植入虛假的記憶的芙列雅公主，同時也是凱亞爾葛的所有物（玩具）。深愛凱亞爾葛且尊敬著他的隨從。
剎那
淪為奴隸的冰狼族天才。被凱亞爾葛所救成為他的所有物。

夏娃
在第一輪是魔王，第二輪為魔王候補的少女。是遭到現任魔王迫害的黑翼族，為了成為魔王拯救族人而旅行。
艾蓮
擅長『政略』及『軍事』的諾倫公主改頭換面後的模樣。非常愛跟凱亞爾葛等人撒嬌的少女。但其本質沒有改變。
克蕾赫
【劍聖】。吉歐拉爾王國最強的劍士。

「紅蓮感到神獸力量變得越來越厲害的說~」

「能讓這個國家的國民更加幸福——
我是如此認為，才會將國家託付給他的。」

回復術士的重啟人生

Redo of healer

～即死魔法與複製技能的極致回復術～

9

月夜涙
插畫☆しおこんぶ
Author : Tsukiyo Rui
Illustration : Siokonbu

Kadokawa Fantastic Novels

C　O　N　T　E　N　T　S

序章 回復術士的最後飛行

在葛蘭茲巴赫帝國打倒布列特後，我們處理完各種善後，搭上了飛機。目的地是吉歐拉爾王國。

坐在上面的是我、芙蕾雅、克蕾赫、剎那、紅蓮以及重要的行李。

夏娃不在這裡。

她有魔王該做的工作，已經和龍騎士們先一步回到魔王領地。

我打算把在吉歐拉爾王國該做的事情做完後，便追著夏娃前往魔王領地。因為我心愛的女人在那，必須把未完成的事情做個了斷才行。

「……這架飛機也到極限了啊。」

機體不斷地嘎吱作響。

因此，現在不是交給芙蕾雅，而是由我操控。

飛機在之前的戰鬥中嚴重損壞。儘管我有試著修復，但少了飛龍素材這個用來修復的材料，現在只是勉強拼湊在一起罷了，無法完全修復。

與鐵塊不同，沒辦法熔解後重新使其成形。

雖說對這狀況視而不見用了一陣子，但由於我勉強補強折斷的部位，反而給其他部位增加了負擔，導致故障部位隨之增加，根本是惡性循環。

已經沒辦法再視而不見了。

現在飛機速度下滑，也沒有持久力，要是稍微勉強一下便會四分五裂。

「真不愧是凱亞爾葛大人。我怕到感覺沒辦法操控。剛才響起啪一聲時，我還以為已經沒救了。」

平常負責操控飛機的芙蕾雅一臉愧疚地向我解釋。

她是有著淡桃色頭髮，身體曲線充滿魅力的少女。由於機體的狀態實在太差，我剛才建議她和我換手。

「畢竟我是這架飛機的製作者，也負責維修，知道哪個部位的損壞程度如何，可以勉強機體到什麼程度。即使如此，操作起來依然很危險，其實很累人的。」

「可以的話我也想換手讓您休息的，對不起。」

依機體目前的狀態，駕駛勢必得鋌而走險地操控。交給芙蕾雅反而很可怕。

所以現在只能由我駕駛，再累也只能忍著。

不僅芙蕾雅，克蕾赫似乎也很在意飛機的狀態。她按住銀色的頭髮，同時以帶有憂鬱的表情開口詢問。

「你在出發前說過，這次是最後一次飛行。其實我很中意這架飛機，對此覺得很遺憾。今後沒辦法再像這樣飛在空中了對吧？」

「別擔心。我會打造出不需要用到飛龍素材的飛機。」

沒辦法取得飛龍素材，與沒辦法打造出飛機是兩回事。

再怎麼說，會用飛龍素材也不過是因為它有著高強度、輕巧的特性，最適合作為飛機的素材罷了。

「真的嗎？太好了，我現在已經沒辦法想像不搭飛機要怎麼旅行了。」

「這點我也同意。今後得不斷地往返魔王領地與吉歐拉爾王國，一想到要以徒步旅行，就不禁令人害怕。」

「畢竟單程最快也要花上兩個星期啊……夏娃說會將飛龍的屍體讓給我們，但也沒辦法一直依賴別人的好意。今後需要僅靠人族的力量就能打造出來的飛機。」

當前的課題是該如何穩定供給以及量產。

這也可以說是個好機會。

「可是，真的有辦法做出不須用到飛龍素材的飛機嗎？」

「簡而言之，只要有個材料在強度與輕巧性這兩點足以匹敵飛龍素材就行了。我有想到一個……不過萬一那個也不行，到時用硬來的也不是沒有辦法。」

我腦內的賢者記憶中有符合條件的素材。

雖然準備材料很麻煩，但有可能替代飛龍素材。

等我在吉歐拉爾王國把該做的事情處理完後，就來試著做一架新的飛機吧。

「不愧是凱亞爾葛大人！我好期待新的飛機問世。不過話說回來，天色變得相當暗了呢。大概還有多久會抵達呢？」

我們的目的地是吉歐拉爾王國，但現在要去的並非王都，而是新王都。

舊王都已經因為布列特的部隊而毀滅。

這次為了討伐布列特，我們派出精銳部隊前往葛蘭茲巴赫帝國，而且還將主力當作佯攻手段，戰力傾巢而出的王都根本無力抵抗。

所以我們採取的應對手段，就是在王都的那場戰鬥從頭到尾就只是為了爭取時間，趁這個機會將以艾蓮為首的主要人物移動到可以維持指揮系統的預備設施避難。

（艾蓮從前不愧是鬼畜軍師諾倫。）

其實這招非常奏效。既然很難守下王都，便放棄保衛這裡，選擇能活下去的手段。這就是王都遷移之計。

這肯定不是她臨時想到的。若是沒有從很早以前便設想到這種事態，私底下進行周密的準備，就不可能實現這個計畫……這招我可模仿不來啊。

如此這般，我們現在是向著那個新王都前進。

「照我的估計，大概在深夜就會抵達了。」

「那個，夜間飛行不會有問題嗎？」

「妳忘了我的眼睛嗎？」

我的眼眸閃爍著翡翠色的光輝。

「【翡翠眼】……如果是那個，確實連晚上也不成問題。但長時間使用應該會讓您相當疲憊吧。」

「還好啦。抵達目的地時是會累得不成人樣沒錯，但戰鬥已經結束了。抵達後再好好睡一覺就沒問題了……反正這架飛機一旦著陸，還能不能飛得起來也很難說，只能拚拚看一天抵達目的地了。」

如果問題只在體力，靠【恢復(Heal)】就能設法解決，但精神方面的疲勞連我也束手無策。更何況我還得在飛行的同時謹慎地注意機體的狀況，精神上的磨耗也相當大。但也只能硬著頭皮撐下去了。

萬一飛機撐不住的話，就得用走的前往新土都。即使沒出意外也得花上一週。我可不樂見這種狀況。

芙蕾雅與克蕾赫聞言後感到動搖，倒抽一口氣。

「事前就聽你說過飛機的狀況不太妙，但沒想到這麼嚴重。」

「所以我說過，這是最後的飛行了吧。」

說要與培養出感情的這傢伙飛最後一程，可不是做做樣子或是胡言亂語。

儘管打造出來後還沒經過多少時間，但我們受了這傢伙不少照顧。

「那個，既然飛機的狀況那麼不妙，待在葛蘭茲巴赫帝國等別人來接我們不是比較好嗎？」

「要是這麼做，八成是其他國家的客人會搶先抵達。萬一他們要求我交出那個混帳的話就麻煩了。」

討伐布列特的消息已經傳遍了世界各地。

由於這次戰鬥的規模實在過於龐大，為了在戰後處理時搶到主導權，勢必會有許多國家想要得到布列特。

以常理來想，在這次討伐布列特的計畫當中，吉歐拉爾王國取得了壓倒性的戰果，所有人應該都明白會議的主導權掌握在我們手中。

然而，即使理解這點，國家依舊會為了自己的利益而扭曲道理。

就算多少用點強硬的手段，也會試圖「確保」這次的戰犯。

「呵呵呵，凱亞爾葛大人真是的，你其實是在害羞對吧。」

「哎呀，妳知道什麼嗎？」

「他昨天看了艾蓮送來的報告書，才決定將預定提前的。那份資料上面一如往常地寫著經由艾蓮詳細整理後的資料，可是最後的部分有擦掉一段文字，上面寫著『想見你』。看到那個後，凱亞爾葛大人的臉色就變了喔。」

「……我不否認那也是原因之一。」

盡早歸還王都，在戰略上是必要的。

但與此同時，我也想慰勞這次的功臣。

這次並非戰鬥，而是戰爭。我們之所以能贏，艾蓮的力量占了相當大的原因。

聊這件事有點難為情，改變一下話題吧。

「剎那、紅蓮，你們有好好監視那傢伙嗎？」

我向小孩二人組出聲詢問。

剎那是冰狼族的美少女，有著一頭白髮、狼耳以及尾巴，是充滿魅力的少女。她面無表情，總是給人冷酷的印象，但其實感情豐富，耳朵與尾巴會代替表情表達內心的情感。

再來，紅蓮是狐狸的神獸，某種意義上是我的女兒，是猶如寵物般的存在。儘管本性是小狐狸，但現在是狐耳美少女。她的性格就如同外表，是典型的純真少女。

「嗯，很完美。要是他有可疑的舉動，就馬上處分。」

「主人，要紅蓮說幾次的說。這傢伙現在不過是個雜碎。紅蓮沒必要監視他的說。」

在後方座位放著行李……就是我的獵物，喜歡少年的變態神父，我讓她們兩人幫忙監視著他。

不過，我已經讓布列特喝下了特製的麻痺毒藥，打碎了他的雙手雙腳，切掉腳腱，把他綁起來再往嘴裡塞東西，戴上眼罩，穿上拘束衣。

而且還用我的【改惡(Heal)】將他的能力降至一般人水準，最後還由芙蕾雅親手在他全身烙印魔術式。

這是吉歐拉爾王國相傳的拷問手段，也會用於拘束。

無論如何集中魔力，魔力都會流到烙印在肌膚的魔術式，變換為無意義照亮周圍的魔術，被稱為【魔術士殺手】。

這招的效果不僅會導致沒辦法使用魔術，那種感覺就像是以有毒的墨水在全身刺上刺青一樣，對於身體的負擔極為巨大，不僅被我變成一般人，身上還被烙印了這種術式，現在的他就連日常生活都無法自理，根本是毛毛蟲狀態。

「那個，我想做到這種地步，他應該什麼也做不了的。」

「前提是對象不是布列特。這傢伙即使在這種狀態下或許還是有辦法做什麼。」

體能被降到一般人以下，骨頭碎裂、肌腱切斷，再加上魔術士殺手。

理論上，他現在根本一籌莫展。

但我依然會覺得這傢伙有那個能耐。

「……看起來是過度提防了沒錯，但我也認為有警戒他的必要。畢竟他僅憑一人之力就令我們吃足苦頭，還差點毀滅世界。」

「這傢伙的可怕之處在於他的精神力。他無論處於什麼狀況都不會放棄，持續選出正確答案。儘管每天都受到嚴刑拷問……這傢伙在我讓他搭上飛機時，依然還是笑了。」

在這次一起奮戰的精銳當中，也有許多人的家人、朋友以及戀人被黑色怪物奪去性命，因此憎恨著布列特，而且表面上也可以聲稱是為了引出各種情報，才需要對他進行拷問。

所以我決定在進行復仇之前，先讓吉歐拉爾王國的精銳好好地伺候他。

這次帶來的不是軍隊，而是國內的特級戰力。

因此，成員裡也有負責拷問的專家。

而吉歐拉爾王國因為國情，進行拷問的機會非常多，以拷問專家的熟練度，技術以及殘忍程度來說是世界第一。

更重要的是，他們絕不會殺死對方，不允許拷問的對象藉由死亡獲得解脫。

擁有這等技術的專家為了洩恨而動刑拷問，堪稱是這世界的地獄。某種意義上，比我自己動手更加殘忍。

當時我麻煩他們讓我在旁觀摩，他們的手腕真的很了不起。我深信只要有一個小時，無論再怎麼高潔的騎士也會捨棄尊嚴，乞求他們饒命。

然而，連續接受這樣的拷問好幾天，布列特卻依然沒有壞掉。

目前那傢伙毫無任何動靜。

正因為如此，反而更令人覺得匪夷所思。

等抵達那邊，完成我為他特地安排好的復仇後，就殺了他。

屍體就作為這世界的敵人公開羞辱吧。

……其實可以的話，我很想在他活著的時候羞辱他，但這樣實在過於危險。

「我再說一次。剎那、紅蓮，妳們倆千萬別大意。」

「嗯，知道了。」

「討厭啦，真是的，主人真的很愛操心的說～」

兩人的回應恰好相反。

紅蓮雖然回得很隨便，但始終沒有放鬆戒心。不管怎麼說，這孩子依然會好好按照吩咐行動。

我確認這點後，再次把精神集中在操作上。

◇

飛機持續飛在空中，此時太陽已經下山。

今天的天空漆黑一片，月亮與星辰皆不見蹤影，要是沒有「翡翠眼」，我肯定沒辦法在這樣的夜間飛行。

我在黑暗的視野中慎重飛行，最後總算看見了目的地。

「好啦，差不多要下降高度了。所有人都先祈禱吧。」

「那個，要祈禱什麼？」

「那還用說，當然是祈禱飛機不會因為著地的衝擊而四分五裂啊。」

「嗯，剎那已經準備好了，即使摔下去也不要緊。」
「主人，快點鬆開上衣的說！紅蓮要過去那邊的說！」
此時，我聽見這裡面身體能力最差的芙蕾雅發出慘叫，紅蓮則是變回小狐狸的模樣鑽進我的上衣裡，只探出一顆頭。
想必她是認為那裡最為安全吧。
克蕾赫與剎那則是不為所動。她們相信自己可以綽有餘裕地面對這種狀況。
我露出苦笑，將機首朝下。
接著，高度緩緩下降。
要是照往常那樣，會導致機翼斷裂。
因此我以風之緩衝抵銷衝擊，讓機身以類似滑行的方式著陸。接著，比平常更加溫柔地展開風之壁來煞車。
沒有抵銷到的衝擊晃動機體，左翼頓時折斷，機身也出現裂痕。
在那個瞬間，我感覺到了一件事。
（嗯，這傢伙沒辦法再飛了。）
速度緩緩下降，最後完全停止。
「總……總算設法撐住了。」
「真是千鈞一髮啊。」

「嗯，有點可怕。」

「紅蓮還是討厭飛機的說！」

眾人邊說出各自的感想邊走下飛機。

布列特是由克蕾赫抱了下去。

而我獨自留下，輕撫飛機的機首。

「辛苦了，要是沒有你在，我們就來不及了……感謝你一直以來的付出。」

在之前那場戰爭，正是因為有這架飛機，才能成功執行那種亂來的作戰計畫。

這傢伙現在已經是出色的搭擋了。

我很感謝持續飛到最後的這傢伙，與它飛行的經驗，將會活用在新型上面。這樣一來，這傢伙就能繼續存活在往後要製作的所有飛機當中。

「凱亞爾葛大人，你怎麼了嗎？」

「不，沒什麼。我現在就過去。」

可以看到久違的艾蓮。

希望她現在過得很好。

（但是她現在肯定是為了工作而忙得不可開交吧。）

我們的工作是戰鬥，而這也在打倒布列特時就結束了，艾蓮的工作反而是戰後才會變多。

為了讓她的心情能放鬆一下，至少就由我來治癒她吧。

飛機著陸的同時，吉歐拉爾兵便聚集了過來。

我事前就告知過艾蓮我們今天會抵達。

想必這些人是她安排的吧。

我以鍊金魔術分解飛機。

「將這個運到倉庫。搬的時候要慎重點。」

「是，遵命。」

用來飛行的飛龍素材累積了過多損耗，要挪用到其他物品也很困難。

所以保管起來也沒意義。

即使如此我還是這麼做，這是因為感傷使然。

「另外，也把那傢伙帶走。雖然意思不同，但一樣要慎重點。」

「當然。我們已經照凱亞爾葛大人的吩咐，建好了特製的牢房。」

那傢伙指的是被徹底拘束，絲毫動彈不得的【砲】之勇者布列特。

我讓部下準備的牢房與剎那在葛蘭茲巴赫帝國被關進去的地方相同，是以可以分散魔力的素材製成，擁有驚人的強度……而且是以此為基準，再根據我的建議所強化的版本。

理論上沒有人可以從裡面逃走。

「那麼，請各位往這邊走。艾蓮總帥已恭候多時了。」

我幫艾蓮設了個名為總帥的立場。隱瞞她是諾倫的事實，也導致她無法行使為王族的權利。因為這樣很不方便，我才特別準備了這個職位。

諾倫可以靠這個地位的權限，徹底發揮她的能力。

我原本想說就像偶爾會將芙蕾雅變回芙列雅那樣，也可以將艾蓮變回諾倫，但畢竟有許多人對諾倫懷恨在心，加上艾蓮以軍師來說是非常出色，但實力頂多是一般人程度，沒有能力保護自己，這麼做會非常危險。

（更何況與芙列雅公主不同，諾倫公主並不受歡迎，用諾倫這塊看板並沒有優勢。）

還是諾倫時，她作為吉歐拉爾王國的軍師相當活躍，攻下了各處的城鎮與城堡，而且做法實在過於殘忍。

既然新生吉歐拉爾王國重視印象戰略，交給諾倫指揮的話，對外方面就沒有那麼理想。

「這次的城堡很老土，而且還很小啊。」

我看見士兵帶我們抵達的城堡後，老實地說出感想。

與吉歐拉爾城相比，大小約為四分之一。這裡是某位伯爵自掏腰包建造的城堡，要拿王都的吉歐拉爾城比較是顯得有些過分了。

然而，即使以這點為前提，感覺依然過於樸素。

（不，這代表比起門面，這座城堡更重視的是功能性吧。即使外表不夠華麗，依然有著機能美。）

仔細一看，儘管很樸素，但每個重點部位都蓋得很確實，儼然是用來打仗的城堡。不對，以要塞的角度來看，敵人也很難攻入，設計上相當容易防守。

我們通過了城門。

芙蕾雅等人也紛紛道出了自己的感想。

「明明是城堡，卻沒有奢侈的物品和漂亮的東西，反而很新鮮呢。」

「嗯，總覺得很普通。」

「與我老家沒什麼差別呢。」

「怎麼樣都好的說。比起那個，紅蓮更在意伙食的說！」

我的女人們提出了相當嚴厲的意見。

若是吉歐拉爾城，從城門到城堡的這段距離，會有花費鉅款打造的別緻庭園以及各種藝術品迎接來賓，但這裡只是普通的石板路。

（不，不對。雖然很小，但看得出接縫。）

在地下似乎隱藏著某種迎擊兵器。

看來我從外觀所感覺到的印象是正確的，這座城堡追求的是機能美。

許多城堡會秀出其財力、文化以及技術力，藉此來炫耀自己的力量，這裡反而單純重視機能性與防禦力。

以我個人來說，這種反而比較好。

儘管有種很小的感想，但像這種大小反而更容易守護，是個優點。

……如果要作為我的城堡，與其選吉歐拉爾城，我會選這裡。

而且用我一直以來透過【模仿(Heal)】得到的知識與技能，把這裡改造成不得了的怪物似乎也很有意思。

◇

我們被帶領到其中一間接待室。

在這座城堡有幾處用這種來招待貴人的地方。

不久，門打開的瞬間，桃色的小小人影便衝了過來。

「凱亞爾葛哥哥！」

會這樣稱呼我的，在這世上只有一個人。

是艾蓮。

她是有著智慧與軍略才能的怪物，不過像這樣看起來只是個惹人憐愛的少女。

她抱住我，以胸脯蹭著我的臉頰。

「是凱亞爾葛哥哥的味道。你總算願意回來了。」

「抱歉，我回來晚了。因為有許多事得處理。」

「不要緊。我知道那都是必要的。」

幸好艾蓮的腦袋動得很快，省去了解釋的工夫。

「但我確實感到很寂寞，請讓我撒嬌喔。」

「嗯，可以啊。妳就盡情撒嬌吧，在床上也是。」

我這樣在她耳邊低喃後，艾蓮便面紅耳赤。

真是的，人類根據環境的不同，居然會有這麼大的轉變。

想不到那個暴虐無道的諾倫公主會變得這麼可愛。

◇

我們就座後，享用了紅茶。

這個茶葉有放鬆的效果，為了幫我們消除疲勞還摻進了大量的砂糖。

駕駛即將壽終正寢的飛機長途跋涉，導致我的身體疲憊不堪，而這杯紅茶慢慢滲透了身體。

我很感激她如此貼心。

在享用紅茶的這段期間，艾蓮與芙蕾雅等人為彼此都能平安無事恭感到開心。

「啊，對了。得趁還沒忘記前先拜託凱亞爾葛哥哥才行，從哥哥那邊收下的恢復藥全都喝完了。因為有那個真的很方便，想麻煩你幫忙補充給我。」

「……妳把那些全都喝完了嗎？」

我看到艾蓮明顯因為政務而忙得不可開交，所以調合了特別的恢復藥留下來給她當禮物。

那是我特製的疲勞恢復藥。

只要使用那個，即使一覺不睡，頭腦也能保持清醒。

我明明準備了相當充裕的量才對，艾蓮居然會把那些全部用完，她到底有多勉強自己啊？

「因為我自從打倒布列特後，就連一覺也沒睡過。我這邊的戰鬥也很辛苦的。」

「這樣啊，那麼今晚我們倆還是先別相愛好了。」

儘管我很想疼愛艾蓮，但她經歷了相當艱難的一場血戰。

想必她也是排除萬難，才能像這樣騰出時間喝茶休息。

我們的戰鬥在打倒布列特就結束了，但對於負責政務的艾蓮而言，現在開始反而才是重頭戲。

「不行。因為我就是以那個激勵自己努力的！」

她的表情充滿魄力。

「知道了。那麼我就盡情疼愛妳吧。」

「嗯！」

若對方不是艾蓮，我會確認她是否真的不要緊，但艾蓮的話可以信任。

她不會因為想做愛做的事而沖昏頭，耽擱了政務。她應該已經調整成就算騰出時間也不要緊才對。

「所以，妳特地用這種房間，想必有什麼要事吧？」

這房間很寬敞，湊齊了開會時所必要的設備。

她在好幾個房間當中會選擇這裡，應該不是偶然。

「被識破了嗎？我原本想說至少今天要與大家和樂融融地度過，但目前的狀況確實存在著許多麻煩，必須要立刻應對。」

我想也是。

儘管因為布列特的胡作非為，事情被含糊帶過。但吉歐拉爾王過去所犯下的罪是不會消失的。

因為之前無暇顧及，各國也都暫時先把追究吉歐拉爾王國過失一事擺在一旁。

然而，如今失去了世界共同的敵人，這件事重新被搬上檯面也是情有可原。

「前幾天決定要召開世界會議。屆時似乎會當場抨擊吉歐拉爾王國過去的罪狀。畢竟是曾經實質征服過世界的國家。對於那些野心勃勃的國家來說，勢必會將我們視為眼中釘，打算趁這個機會擊潰我們。」

「我想也是。吉歐拉爾王之前肆意妄為，加上布列特原本也是吉歐拉爾王國的勇者。只要仗著這兩點就可以輕鬆打擊我們。」

「沒錯。我們姑且也有拯救了世界的這個正當理由可以運用，但如果對方說這是我們自己種的因，到時就難以反駁了呢。如果是以前的吉歐拉爾王國，即使處境多少有些困難，也能透過壓倒性的力量將輿論硬是壓到幕後，但我們現在也很難如法炮製。」

現在的吉歐拉爾就好比風中殘燭。

不僅各地留下了戰後的痕跡，軍隊在之前的戰鬥中也出現了多數傷患與死者，無法正常運作，目前正在重新編制。

為了不讓葛蘭茲巴赫帝國察覺，這次的王都遷移作戰是在私底下祕密進行，但也因此出現了各式各樣的弊病。儘管知道會有這樣的結果，當時還是只能選擇這麼做。

正因為如此，這對周邊諸國來說無疑是擊潰我們的機會。

「即使能用硬來的方式解決，最好還是別這麼做吧。」

「這就端看我們的覺悟了呢。如果打算開戰，演變成吉歐拉爾王國對抗整個世界的局面也未嘗不可。雖然得根據當下的條件，但我們是贏得了的。一旦成功，就會附加成功征服世界的獎勵。」

艾蓮說的條件，想必是與魔王組成聯合陣線吧。

這樣一來，就算面對整個世界也能打贏。

只是，我不想讓夏娃做出那種事，我自己也不願這麼做。

如果是復仇倒另當別論，但我不會因為自己的慾望而擴大戰火。

「就別討論這個方案吧。話雖如此，如果走談和路線，肯定會惹出一堆麻煩，被對方抓到一堆把柄，到時也很難處理。」

「是的，會引來一堆麻煩。我認為各國不只會針對黑騎士引起的騷動，還會回溯源頭，追究一開始與魔族開戰的責任，要是連那種事情都一一承擔，這個國家也就結束了。」

以壓倒性的力量作為後盾，從好幾十年前開始就在胡作非為。

事到如今，還是得清償不斷累積下來的這筆爛攤子，看來這個走向是不會變了。

「有方法嗎？」

「如果凱亞爾葛哥哥指的是讓吉歐拉爾王存續下去的方法……沒有呢。吉歐拉爾王國已經名存實亡。若是在和布列特交戰之前，在各方面都還留有餘力，但為了在這次戰役取勝，已經耗盡了所有資源。王都毀壞也是相當嚴重的打擊。」

艾蓮隨即露出笑容回答。

這個判斷既確實又不留情面。

……確實很有她的風格。

「那……那個，艾蓮，這個國家會消失嗎？」

「剎那覺得無所謂。」

「……我的心情很複雜。雖說我為了跟隨凱亞爾葛而捨棄了一切，但對葛萊列特依然還有不捨。」

我也一樣感到不捨。

要說我是否愛著吉歐拉爾王國，是不好說。

可是，在拉納利塔與布拉尼可有我的朋友，我也在那留下了回憶。

萬一吉歐拉爾王國滅亡，周邊各國便會猶如鬣狗般聚集過來，把吉歐拉爾王國像派那樣切開瓜分。

而隸屬於吉歐拉爾王國的城鎮，到時也會分別成為其他國家的所有物，進而爆發代理戰爭……事情演變成這樣的可能性也相當大。

到時會捲起戰爭的漩渦，這場暴風雨將會害我失去重要的地方與那些朋友。

我想避免這種事情發生。

所有人的視線集中在艾蓮身上。

除了我以外的人也都很清楚。艾蓮口頭上說吉歐拉爾王國名存實亡，但她的話應該還有下文。

「各位沒有如我想像中動搖呢。那麼，來說說我的想法吧。要讓吉歐拉爾王國存續下去是不可能的。那麼，就在被人摧毀之前，先徹底破壞這個國家吧。」

喔喔，原來如此。

也就是翻轉想法。

「我們要發起政變。由【癒】之勇者凱亞爾在吉歐拉爾王國推動政變，如此一來，吉歐拉爾王國便會毀滅，進而誕生出新國家。就讓過去的所有罪過連同吉歐拉爾王國一併消失吧。」

沒錯，目前所存在的再怎麼說也是吉歐拉爾王國的罪。

那麼，只要捨棄掉吉歐拉爾王國就行了。我們應該守護的，是這個國家的土地以及人民。

「啊，那個，因為我們的國力依然很脆弱，若是認同我們建國，其他國家不就會趁機攻打過來了嗎？」

「到時候，只要以凱亞爾葛哥哥為中心殺進敵國的城堡，將對方的王族趕盡殺絕即可。以總體戰來說是贏不了，但現在在場的是全世界最強的隊伍。要對敵方中樞發動奇襲，將他們殺個片甲不留，這種事情輕而易舉。」

無論對方的防守有多麼滴水不漏，如果是現在的我們，可以輕易就殺掉獵物。

而且，只要辦到這點就可以摧毀整個王國。

「確實是這樣。可是，這麼做與和整個世界交戰不是沒什麼兩樣嗎？」

「完全不同喔。目前為止的問題，就在於對方有著正當理由。即使擊退對方，我們在立場上也會站不住腳，到時會與國際聯合所有的國家為敵。可是如果我們連同吉歐拉爾王國將從前的罪一併捨棄，對方就會失去正當理由，淪為單純的侵略者。這麼一來就不是與整個世界為敵，而是與攻打我們的國家進行戰鬥。到時只要打贏對方就行。而且還要索取大筆的賠償金。」

吉歐拉爾王國自知理虧，即使挨打也只能忍氣吞聲。

但如果是改頭換面後的新國家，一旦挨打就可以狠狠地打回去。

「要完成這個提案有三項必須條件。第一，向心力。若是民眾不願追隨，自然沒辦法讓國家重生。關於這點，只要有【癒】之勇者凱亞爾的名字就能一次搞定。因為凱亞爾葛哥哥是拯救這個國家，不，應該說是拯救這個世界的救世主。另外再把芙列雅公主也贊同這件事的環節加進去吧。」

「嗯，儘管拿我的名字去用吧。」

從前，我曾說過要讓這個國家實質上成為我的所有物，這樣一來就名符其實成為我的了。對我來說並不壞。

我自己之前也曾丟過假消息，說芙列雅公主注意到吉歐拉爾王國背地裡的黑暗，正當她差點被殺，是【癒】之勇者凱亞爾製造出她已經死的假象，協助她逃離城裡……當時幾乎是以開玩笑的心態散布的情報，想不到如今竟然變得有意義了。

「第二，後盾。凱亞爾葛哥哥，你還記得卡士塔王子嗎？」

「嗯，是水之國的人才。」

「其實我已經告訴他這個方案，取得了他的協助。因為水之國有著很強的影響力，可以讓他們幫忙認同吉歐拉爾王國已經改頭換面。」

他願意站在我們這邊實在令人安心。

水之國在國際社會有著強大的影響力。

另外，之前遭到黑色怪物襲擊依然能成功抵抗的，就只有吉歐拉爾王國與那個國家。該國與吉歐拉爾王國不同，沒有被人抓到任何把柄，發言力自然會更加強大，因此比任何國家都要來得可靠。

「第三，力量。吉歐拉爾王國正是因為失去力量才會陷入窘境，有力量的話就不會困擾，所以無論如何我們都需要力量。」

「關於這點，妳有什麼方法嗎？」

「那當然。就是拯救了世界的英雄【癒】之勇者凱亞爾與他的伙伴。只要交給凱亞爾葛哥哥霸氣地向全世界宣告就行了。你要宣稱這個國家是我的所有物。要是敢對這裡出手就格殺勿論。畢竟那群怪物有可能毀滅世界，而你是將其打倒的男人，比世界最凶惡的存在更為強大。相信各國也理解著這點。」

「知道了。我就在世界會議上讓他們見識我的厲害吧。」

「然後，是最後的壓箱寶。請凱亞爾葛哥哥帶魔王夏娃・莉絲參加會議。當場發表你的國家與魔族領域的同盟關係。」

換句話說，只要敢對我們出手，自然也會與魔族領域為敵，可以藉由這點威脅各國。

「聽起來很有意思，但用同樣的方法，應該也能讓吉歐拉爾王國繼續維持下去吧？」

「雖然相當有難度，但至少可以暫時收拾這個局面。但這麼一來，檯面下依然會存在著堆積如山的問題，何時因此而被扯後腿也不奇怪。基本上，大家原本就畏懼著魔族，一旦負評如潮的吉歐拉爾王國與魔族領域締結同盟，只會讓魔族的形象更加下滑。所以，我想要將所有狀況一次就漂亮地重置。」

「有道理。就照這個計畫進行吧。」

不愧是艾蓮。

這樣一來，吉歐拉爾王國的人民就能活下去。

「只不過，關於這點有個最大的問題。」

艾蓮擺出嚴肅的表情，伏下視線、陷入沉思。

「說說看吧。我做好心理準備了。」

艾蓮重重點頭，說道：

「就是名字。新的國家需要有新的名字啊！」

這傢伙一臉嚴肅地講著無關緊要的事。

不過，覺得無關緊要的人只有我，其他女人也都是一本正經。

「因為是凱亞爾葛哥哥的國家，必須取個配得上凱亞爾葛哥哥的名字才行。」

「說得也是。必須取個一聽就能明白凱亞爾葛大人的帥氣、溫柔、強悍以及出色之處的名字。」

「難題，這對剎那來說太過困難。可是很重要。」

「肚子餓了的說。紅蓮希望吃肉的說。」

「乾脆取名叫『凱亞爾葛王國』如何？」

「「「就是那個！」」」

「不，怎麼想都不可能吧。」

除了一人以外，氣氛相當熱烈。

覺得名字根本無所謂的我似乎才是異端分子。

「總之，之後再決定名字吧。這件事不需要現在就討論得這麼熱烈吧？」

「說得也是。畢竟還有一些時間。」

「妳要說的就這些了嗎？」

「是的，我希望早點講完這件事。」

是嗎？那已經可以了吧。

我挺起身子，以公主抱的方式抱起艾蓮。

「呀！凱亞爾葛哥哥，我是很開心，但你突然這麼做，害我嚇了一跳啦。」

「艾蓮，帶我到妳的房間吧，妳不是希望我疼愛妳嗎？」

「好……好的，我們兩人分別了這麼久，請盡情地疼愛我。」

真可愛。我冷不防地吻上去後，艾蓮接受了我的嘴唇。

明明還是少女，卻囂張地主動用大人的吻索求著我。

真是好孩子。

她直到今天為止為我所做的努力，肯定超乎我的想像吧。

我要好好慰勞她的辛勞。

今晚我要使出渾身解數取悅她。那是得到艾蓮的我應盡的責任。

第二話　回復術士詢問妹妹的祕密

我以【恢復】治癒艾蓮的疲勞。

艾蓮主要是以頭腦勞動為主，比較嚴重的是腦袋與心靈上的疲累，但身體方面也累積了不少疲勞。

雖說我沒辦法一併治療精神上的疲勞，但即使只是恢復體力也會有相當的差異。

況且，待會兒還要做劇烈運動呢。

「呼，凱亞爾葛哥哥的【恢復】真是療癒。感覺會上癮呢。」

「這可是世界第一的【恢復】啊。」

我抱著自信如此斷言。

這世上不存在著比我更擅長【恢復】的傢伙。

「我指的不僅是技巧高明，這種感覺就像被凱亞爾葛哥哥裹住身體，令人很安心。我感覺到凱亞爾葛哥哥後，腹部就頓時糾緊，變得好想要凱亞爾葛哥哥。」

艾蓮說完便莞爾一笑，給了我一吻。

這是大人的吻。

而且並非這樣就結束，她以逐漸從少女轉變為大人的身體在我身上磨蹭。
明明連衣服也還沒脫就誘惑我，這女孩變得相當色啊。
結束了長時間的吻後，我將嘴唇移開。
「那麼，就讓妳好好地感受我吧。」
「是，請粗暴地對待我。」
我將她推倒在床上。
我回應艾蓮希望我立刻侵犯她的要求，就這樣貪婪地享受艾蓮的肉體。
穿著衣服做，感覺也別有一番風趣。

◇

太陽剛升起時，我便從床上起身。
由於一開始就相當粗暴，加上後來又是一番連戰，脫下後扔在床邊的衣服就這樣散落一地，相當沒規矩。
畢竟昨天相當賣力。
我很驚訝艾蓮居然這麼有體力。
做到那種地步，就連以體力為豪的剎那都會精疲力盡，但艾蓮直到因為高潮而喪失意識為止，一直都在渴求著我的疼愛。

「她居然能在這個年紀就將技術磨練到如此境界。前途真是不可限量。」

艾蓮腦袋很好、記憶力強，又機靈。

她總是觀察我的反應，一旦找出弱點就會記憶起來、永不遺忘，不斷地朝著這點進攻。不僅動作靈巧，她又懂得觀察、記憶力強，技巧也逐漸愈發純熟。

明明在我的女人當中最為年幼，性愛技巧最像大人的卻是艾蓮。

……這樣的艾蓮身上起了變化。

她的胸部變大了。

就在與我們分別行動的這麼短的時間。

發育期實在可怕。

畢竟她是那個芙蕾雅的妹妹，將來肯定會成長為一名身材姣好的美女。

長大之後，就無法再享受她嬌小的酥胸。趁現在好好揉一揉吧。

就在我順從自己的慾望時，艾蓮隱約睜開眼眸。

「早安。」

「早。」

艾蓮挺起上半身，毛毯因而滑落，顯露出她那猶如妖精般的軀體。

尚未發育成熟特有的美就在眼前。

我停止繼續鑑賞，從床上離開。

接著使用魔術，幫艾蓮泡了杯茶。

我抱住艾蓮，同時徹底地調查她的身體。

以調查的成果調合手頭上的藥草，並且再加入些許樹果、砂糖以及香料。

這是我只為了她一人而調製的特調綜合飲。

「這是用來提神的，慢慢喝吧。」

「有股不可思議，卻非常香的味道。苦中帶甜，很好喝。而且總覺得從身體內側開始暖和了起來。這個好好喝。」

艾蓮以陶醉的表情享受著這杯茶。

「很好喝吧。因為裡面湊齊了艾蓮的身體欠缺的營養。比起任何奢侈的料理，最有效的還是身體所追求的東西。妳對伙食要稍微再注意一點。更何況妳現在正處於發育期啊。」

「對正值發育期、惹人憐愛的少女，那麼毫不留情地與她性愛的人說這種話也沒什麼說服力喔。」

「還好啦。但是，妳要好好聽我的忠告。妳必須為了我成長得健康又美才行。每一天的伙食都不能忽視。」

我輕撫著她的頭，同時這樣說道，艾蓮聞言，臉上便泛起了紅暈。

「嗚嗚嗚，你這是偷襲喔。凱亞爾葛哥哥偶爾會讓人看到溫柔的一面，實在很犯規……我

會注意飲食的。話說，這杯真好喝。為什麼在那般嚴峻的旅行當中享用的伙食，會比城裡的伙食來得有營養、健康而且美味呢？自從來到城裡，感覺也不是熬夜的關係，但我的體重就是莫名變重，而且也很疲憊。不對，反而是在旅行時的身體狀況好過頭了。」

一般而言，在城裡端出來的伙食會用上更好的材料，而且還有專業的廚師調理。但在旅行時準備伙食的人是我。

「因為我會在意自己女人的健康與美容啊。我的知識能夠辦到這點，也擁有得到必須材料的志氣。我剛才也說過了吧？最美味的食物就是身體所追求的東西。即使是料理的專家也不會了解營養學，更沒幾個人能看出別人的身體狀況。我把艾蓮這一個月要吃的伙食菜單交給廚師吧。這樣一來，艾蓮的身體狀況也會變好的。」

「凱亞爾葛哥哥意外地是個完美超人呢。」

「不過這些知識幾乎都是借來的啦。」

我這樣調侃自己。畢竟我的身上有好幾百人的知識、記憶以及經驗，我不過是在運用這些能力罷了。

「能將這些運用自如才厲害呢。」

我與艾蓮相視而笑。

艾蓮身上的氛圍與表情改變了。

她從惹人憐愛的少女，變成我信賴的參謀。

是時候了嗎？

「那個，可以稍微借用一點時間嗎？」

「要講妳出發前提過的事嗎？」

「原來凱亞爾葛哥哥還記得啊。我之前曾說等你回來，就要告訴你一個祕密。」

「嗯，我怎麼可能會忘呢。」

我大概也想像得到要說什麼。

我筆直地注視著艾蓮的臉，等她開口。

「我的祕密，那就是……我已經察覺到自己就是諾倫公主了。」

「這樣啊。」

「你並不驚訝呢。」

「我也隱隱約約察覺到了。我剛把諾倫變成艾蓮的時候，艾蓮是溫馴的人偶。那種感覺有點像是呆板的創造品。但以某一天為界，妳就變得愈來愈像人類了。」

「你真的很仔細地看著我呢……你不覺得取回記憶的我會打算報復嗎？你可是把我擄走、消除了記憶、加以洗腦，甚至還把我當作情婦看待喔？」

「我不覺得，因為妳愛著我。我啊，不僅一直受騙，也一直騙著別人。知道朝著我發出的感情究竟是真是假……艾蓮對我表達的愛情是貨真價實的。所以即使妳變回諾倫，也不會對我露出獠牙。」

正因為我如此確信，才刻意不重新調整艾蓮。畢竟只要我有那個意思，隨時都能將艾蓮重置。

再者，即使她真的恨著我，考慮向我復仇，在那個當下她也根本不可能背叛。

如果是諾倫，就會以排除布列特為優先。

布列特對諾倫而言也是個礙事的存在。為了消滅布列特這個全世界的頭號公敵，諾倫是需要我的。起碼在消滅布列特前不可能加害於我。

「真是贏不了你呢……正確來說，我只是注意到自己曾是諾倫，並沒有取回諾倫的人格，也沒有恢復記憶。我不過是在蒐集諾倫的痕跡後，成功地複寫了她的人格。」

「妳為什麼這麼做？」

「以軍師而言，還是諾倫時期的我更勝一籌。所以我才會重新再現諾倫的人格，進而得到那股力量。」

艾蓮與諾倫雖然是同一個人，但她說得沒錯，我有時確實感覺諾倫更有本事。

如果要把不是理論的部分用言語表達，就是在氣勢以及第六感這種部分。

「原來如此。妳會想索性取回諾倫完整的記憶與人格嗎？我辦得到喔。」

「不，完全不會。」

我微微一笑。

因為我有這種預感。

「告訴我理由吧。」

「因為我更喜歡現在的自己。諾倫就是我，只要看過諾倫的行動，就可以了解她曾經抱持過什麼樣的感情。在我曾是諾倫時，瘋狂地執著被愛。諾倫就是……一邊哭著說『看著我』，一邊大吵大鬧的小孩……可是，現在有凱亞爾葛哥哥願意愛著我、看著我，而且還交到了朋友，我感到很幸福。」

我從未想過那個殘虐的諾倫有如此可愛的本質。

「而且我很害怕。由於艾蓮變得過於重要，要是我取回諾倫的人格，說不定會導致艾蓮壞掉。我想要是完全變回諾倫，我將會不再是我。那個，凱亞爾葛哥哥，我說願意維持艾蓮的人格，讓你安心了嗎？」

「是啊，我安心了。畢竟我喜歡艾蓮。不想因此失去重要的女人。」

「幸好我的腦袋不正常呢。如果是普通的女孩子，可是會馬上刺過去的喔……所以，凱亞爾葛哥哥欠了我特大的一份人情。我會以這份人情作為手段，盡情對你撒嬌，請你要做好覺悟喔。」

「那也沒辦法……妳就儘管說吧。大部分的事情我都會聽的。」

既然不需要失去艾蓮就能了結這件事，她愛怎麼撒嬌我都奉陪。

「那麼，我立刻就要撒嬌了。請你現在立刻疼愛我……要讓從剛才就在偷窺的剎那小姐好好看看。」

「妳注意到了？剎那消除氣息後，即使是一流的諜報員也沒辦法注意到她才對啊。」

「我並不是察覺到她的氣息，只是預測了她的行動模式。剎那小姐在這個時間都會為了在早上侍奉凱亞爾葛哥哥而出現。況且那孩子看起來那樣，其實很善解人意，在我們聊完之前都不會主動現身。既然她很想立刻讓凱亞爾葛哥哥疼愛，那肯定是豎起耳朵，坐立不安地在旁邊等著我們講完話嘍。」

不愧是超一流的軍師。

對狀況及其變化瞭若指掌。

「呵呵呵，其實，我很羡慕剎那小姐喔。因為離凱亞爾葛哥哥最近的就是剎那小姐。所以，至少今天我要獨占凱亞爾葛哥哥，讓她好好體會何謂嫉妒的滋味……這種優越感真不錯呢，比平常更教人興奮。」

她臉上浮現不符合年幼外表的淫靡笑容，隨後便抱住我，咬了我的脖頸。

我頓時感到一陣微微的痛楚。她用的是會故意留下痕跡的咬法。

看樣子，明明昨天都那麼激烈相愛了，她似乎還想要我更激烈地疼愛她。

早餐就做些能提昇精力的餐點吧。

從下午開始，要開會討論我該如何發起政變。

到時軍師若是精疲力盡可就難辦了，得稍微讓她恢復點體力才行。

第三話 回復術士做料理

過了中午，平常的成員一邊享用著午餐一邊開會。

也就是所謂的午餐會議。

我著重在用餐時方便說話，所以準備了三明治與濃湯。

今天的午餐是由我調理，而且選用的也並非城裡的高級食材，而是特地以放在包包裡面的食材為主，這些都是在這次旅行中蒐集的食材。

由我掌廚是為了多少讓艾蓮的身體狀況有些好轉，而且在我們相愛時，艾蓮也說想吃我煮的料理。

會使用旅行時的食材，是因為艾蓮很懷念與我們旅行的那時。

順帶一提，紅蓮正在別的房間大睡特睡。

在與布列特戰鬥時，我曾約定過要給她特別的肉當獎勵，剛才已經交給她了。

她一拿到就當場狼吞虎嚥，吃到肚子飽到不能再飽，隨後便直接睡起狐覺。吃飽就睡這點實在很像小孩子。

艾蓮率先拿了我做的三明治。

「啊嗯。哇，凱亞爾葛哥哥做的食物真好吃。味道果然一絕。」

我的努力有了收穫，艾蓮覺得很開心。

我做了三種類的三明治。

分別是雞蛋三明治、漢堡排三明治以及蔬菜三明治。

「真的很好吃。我很中意這個雞蛋三明治。雞蛋濃郁，而且因為醬汁的加成，味道相當有層次。」

「嗯，很好吃。今天的比平常吃的還要講究。剎那喜歡這個肉塞得滿滿的，有許多肉的味道，很划算。」

「蔬菜三明治也很有味道，新鮮得令人難以置信。」

如今她們已經是稱職的美食家，克蕾赫、剎那以及芙蕾雅似乎都注意到我在三明治裡面下的工夫。

關於雞蛋三明治，首先使用的蛋並非是雞蛋，而是在山裡面取得的野鳥蛋，味道濃郁。

我打散雞蛋後，再混入了特製的沙拉醬。沙拉醬是以植物油為基底，再加上旅行中取得的調味料、藥草及香草所調的獨創醬汁。當然不僅味道，藥效也是我講究的地方。

用在漢堡排三明治的漢堡排，是把幾種魔物的肉進行燻製或醃漬過再保存起來，過水後再加工成絞肉，以絕妙的比率混合之後再撒上調味料。由於絞肉當中的每種肉都粗細恰當，可以享受到複雜的口感。

至於蔬菜三明治當中用的蔬菜，則是以【恢復】促進植物生長，等到其熟成後再做成料理，這邊用的沙拉醬也是我特製的。

因為是單純的料理，所以製作起來更是費心。

難得我的女人說想吃我做的料理，起碼也得讓她看看我的用心。

「吃了凱亞爾葛哥哥做的料理後，我現在精神百倍了！這樣一來我就可以鼓足幹勁繼續努力。」

「那就好。我把這份食譜也留下來吧。」

「好，拜託你了！」

雖然我是為了一邊談話一邊用餐才做三明治的，但大家都吃得很入迷，根本沒辦法開會。打擾她們也很不識趣，所以我沒特別多說什麼。

我喝下濃湯。

湯的完成度也很不錯。裡面的材料是幫肉乾與醃漬肉過水時使用的熱水、肉片與多餘的蔬菜之類，但每種材料的品質都很不錯，相當好喝。

在和平後，我才發現自己喜歡做菜。

等一切結束，開間小料理店或許也不錯。反正我有的是錢，也不打算獲利。

我要開一間可以無視成本、盡情製作自己喜歡的料理，端給客人享用的小店，就是那種有一半基於喜好所開的店。

（還不壞。）

被女人所圍繞，過著平凡又幸福的每一天。

那或許才是我所追求的生活。

……不過，這件事還離我很遙遠。

在夏娃身邊，有人打算將她視為傀儡，藉此取得魔王的權力，也有人打算殺了夏娃，擁立其他魔王候補成為新王。

吉歐拉爾王國也是，接下來必須要徹底重整才行。

捨棄魔族領域與吉歐拉爾王國，徹底卸下包袱也是可以，但要是現在放任不管，世界就會遭到火焰所包圍。

這樣一來，我肯定沒辦法過上平凡且幸福的生活。

我沒有為了世界和平而賭上性命的正義感。

再怎麼說，我只是為了創造一個能讓我和我的女人幸福生活的環境，才會打算讓世界獲得和平罷了。

「已經沒了。剎那還想再吃，好可惜。」

剎那盯著沒有三明治的盤子，一臉遺憾地垂著耳朵。

「明明原本有那麼多，卻立刻就吃得一乾二淨了呢。都怪凱亞爾葛大人做的料理實在太美味了。我甚至覺得您該少做一些呢。」

「是啊……得努力訓練才行。明明沒有旅行卻吃了這麼多，後果實在教人害怕。」
「唔，確實很令人害怕呢。我不希望變胖後被凱亞爾葛哥哥討厭。」
我露出苦笑。
她們在擔心自己變胖。這表示現在和平到她們有餘裕擔心那種事吧。
「艾蓮再稍微多吃一點，長點肉會比較好。這樣我抱起來會更舒服。」
「『稍微』對吧。我會注意的。」
「嗯，稍微。妳現在身上的肉不夠多，但要是長太多肉，反而會糟蹋妳可愛的外表。」
艾蓮仔細地詢問了數字，我隨便回應了她。
這種地方確實很有艾蓮的風格。
「我了解了。那就是凱亞爾葛哥哥的喜好對吧。那麼，也差不多該切入正題了。因為料理太過美味，花掉了太多時間。這次的議題是，我們要建立什麼樣的國家。」
「建立什麼樣的國家是很重要，但基本上應該要釐清一下該如何引起政變比較好吧？」
雖說這個計畫的可行性毋庸置疑，但還是得確實地擬定計畫。
「這部分沒問題的。其實我已經事先做好各種準備了。再來只要凱亞爾葛哥哥一聲令下，吉歐拉爾王國就能順利成為凱亞爾葛哥哥的囊中之物。」
「哦，妳是什麼時候行動的？我們來到這裡後，妳幾乎都沒時間準備吧？」
「事前準備是在我計劃遷移首都的階段開始的。因為我從相當早之前就已經料到事情會演變成這樣。

「不愧是艾蓮。」

事先預測了將來的發展。

這就是艾蓮的力量。

……不對，她不只是預測將來，而是在預測之後，還能將局面引到自己所期望的方向，這才是艾蓮的真本事。

因為她並非超能力者，要完美預測將來實在不切實際。

畢竟不論人還是國家都很複雜，不可能全都照著理論走，會滿不在乎地做出沒有道理的行動。

然而，可以誘導他們實行自己想得到的選項之一。

艾蓮真的很值得信賴。

說不定她在處刑吉歐拉爾王時，便已經預料到這樣的局面。

會將那群頭腦冥頑不靈、無能又只有權力的臭豬視為戰犯一併肅清，也是因為她考量到了這個狀況。

無能的自己人與叛徒，比任何敵人都來得棘手。

正因為她趁早做了一次清掃，遷移首都以及讓吉歐拉爾王國重生為新的國家這兩件事才能快速地進行。

「然後，關於要建立什麼樣的國家，一開始得先決定要建立王國……也就是君主制，再不然就是共和國……也就是共和制。這個決定會使得國家的未來走向截然不同。儘管兩邊都能順利運作，但關於這點，我認為還是要先想好再決定。」

王國與共和國的差異。

要粗略說明兩者的不同，就是王國是「奉國王為君主，由國王治理國家的君主制國家」。換句話說，國王握有絕對的權力，可以隨心所欲地推動國家。

另外，共和國則是「不存在君主，依照人民的意志決定國家走向的國家。」基本上會透過選舉來決定負責政治的人選，由他們進行商量來決定國家的方針。

兩者都存在著優缺點，不能明確地分出孰強孰弱。

在這個時代，國王制是絕對主流，但在先進國家當中，有幾個案例是採用共和制。

另外，在其他國家也曾因為人民對王族、貴族的不滿爆發，在革命之後順理成章地變成共和制。

這確實是重要的問題，是這個國家的轉折點。

……對於國家而言是很重要，但對我來說也是同樣重要。

萬一選擇王國就是由我當王，名符其實地得到新的國家，同時也得負起責任。

萬一選擇共和國，這個國家就會由人民所擁有，在不久的將來就會白白地讓給某個陌生人。儘管無法親自支配這個國家，我卻能獲得自由。

這件事關係到的不僅是國家將來會變成什麼樣子，也必須好好思考我到底想怎麼做再給出回答。

否則我將來勢必會為此後悔。

第四話 回復術士做出選擇

艾蓮問我，要把我的國家定為王國＝君主制，或是共和國＝共和制。

這並非是在徵求我的意見。

她或許只是想在形式上由所有人共同決定這件事，也有可能是認為與其由自己單方面地說明還不如一起商量，更可以加深大家對這件事的理解，再不然就是兩者皆是。

畢竟考慮到吉歐拉爾王國的現狀，其實我們並沒有選擇的餘地。

「嗯，剎那不懂困難的事情。交給你們。」

「我也這麼做吧。」

剎那一臉無趣地打了呵欠，然後拿起了點心，芙蕾雅則是臉上掛著微笑，同時啜了口茶。

……姑且不論剎那，但芙蕾雅是怎麼想的呢？她以前可是公主啊。

算了，她在芙列雅公主時期的作用是戰略兵器、民眾的偶像。

這種要動腦的事情應該不是她的強項。

「我認為共和國比較好……大家從前都是盲目地相信著這個國家，不，應該說相信著王族與大貴族。認為地位出眾的人，不論能力還是人格都比其他人優秀。但我與凱亞爾葛旅行後才注意到，無論處於什麼樣的立場，大家都只是普通人，根本就沒有人是特別的。可是他們卻誤以為自己的身分特殊，做出了過分的事。所以我認為應該要由普通人來引導國家。」

雖然這是理想論，但克蕾赫說的話並沒有錯。

無論是多麼高潔的人，只要掌握權力就會逐漸腐敗。一旦到了第二代、第三代，從出生時就受到特別對待，自然會深信自己是比他人出色的特別存在。

吉歐拉爾王國的貴族正是因為這樣，才會不把別人當人看。畢竟，他們不覺得人民與自己是相同的生物。

「那麼，凱亞爾葛哥哥認為呢？」

「我認為應該要建立王國。這個國家沒辦法採用民主制，還太早了。」

「還太早？這是什麼意思？」

「雖然那些想保護既得利益的貴族知道後肯定會反對，到時是很麻煩沒錯，但先不管他們。因為這與王國與公國哪種比較好是不一樣的問題。在我說出看法前，先講講所謂的民主制是什麼吧。這種制度會透過選舉，從人民當中選出政治家代替貴族為政。」

「這不是很棒嗎？既然是人民所選出來的人為政，理應會反映人民的想法。」

乍聽之下是沒有錯。

但是，這種狀況需要許多前提。

「妳忘了一件很重要的事。大部分的人民都是笨蛋，所以笨蛋選出的人依然是笨蛋。選舉也不過是多數決罷了。」

「形容人民是笨蛋，這樣會不會說得太過分了？」

「並不會。因為扣除掉一部分人民，其他多半都沒有受過像樣的教育。我可以斷言。人民會選擇的要不是笨蛋，不然就是詐騙集團。優秀的人能認清現實，所以不會說大話；但無能的人正因為無能，會自吹自擂地說他們能辦到自己想做的事情。再不然就是會空口說白話的詐騙集團。會被選上的是那種傢伙……要讓選舉能夠正常運作，就必須要大多數人民都擁有知識，不會對笨蛋的蠢話照單全收，聰明到可以看出詐騙集團撒的謊話才行。」

可惜的是，吉歐拉爾王國並非如此。

這個國家的笨蛋占了絕大多數。就算不辦選舉，我也猜得到結果。到最後會被選上的，是只有熱情的愚蠢夢想家，還有詐騙集團。

他們所說的話正因為沒辦法實現，聽起來就是教人覺得舒服。

「這個……確實有可能變成那種局面。」

「問題不僅是這點而已喔。所謂的選舉，我認為這個系統本身就是一種毒。在許多國家會制定任期，一旦任期結束就重新選舉。」

「這樣不是好事嗎？因為同一個人持續掌握權力，肯定會因此而腐敗。」

她說得很正確，而這也說明了吉歐拉爾王國的現狀。

「沒錯，但這樣反而會發生弊端。政治家這種生物的工作，並非是要讓國家變好，而是要在選舉中勝出。要在下一屆選舉得勝就需要拿出實際的成果。所以，從政時勢必得在短期內拿出成果。可是以國家的政策來說，不放個十年、二十年來觀察是不行的。若是在自己的任內拿不出成果，他們便不會去做。自己離開之後會發生什麼事也無所謂，即使做了某件事後會在任期後留下爛攤子，他們也會若無其事去做。」

「這樣不是過於穿鑿附會了嗎？也是有人想要把國家變得更好啊。」

克蕾赫基本上是個好人。

所以她的想法很天真。

「沒錯，偶爾也會有那種人呢。可是，那種人會立刻就消失的。請妳好好想想。想著要讓國家變得更好，做事『多此一舉』的人，根本不可能勝過傾盡一切，『只』為了在選舉中得勝的人吧。不過，偶爾會非常罕見地出現就算帶有這種不利條件，依然能贏下勝利的那種優秀到不可思議的人。即使如此，在民主制當中，多數決才是一切，少數派根本無能為力。這點沒有例外。據我所知，選擇共和制的國家，該國的政治統統都淪為二流，甚至是三流喔。」

為了贏得選舉，就得不斷追求眼前的利益，侵蝕國家。否則根本不可能繼續當政治家。

人類中大多數的人都是利慾薰心，而在民主主義當中會以多數派拿下勝利，腐敗是顯而易見。

關於這點，恐怕就算是對人民施以教育也不會改變。這是選舉系統本身的構造缺陷。

更何況與君主制相比，下達判斷的速度慢到令人絕望。無論做什麼都要召開會議討論再做決定，非常沒效率。

關於這點，君主制只要一聲令下，就可以由掌權者下達所有決策。兩者的速度根本無法相提並論。

「……那麼我反過來問一下，為什麼艾蓮要問我們決定選哪邊？從妳說的話聽來，感覺只能選擇王國啊？」

「沒錯。如果我們只著眼在建國後一百年的這段時間，就只有王國這條路可選。即使貴族再怎麼腐敗，依舊有傳承了好幾代的經驗，又是群從小就接受過教育的人，自然比愚民來得像樣。更重要的是，我會站在領導者的位置。由絕對優秀的人獨斷做出所有決策。這種政治比聚集了一群烏合之眾，開心地討論國家大事的共和制好上一百倍。」

「妳說百年，是指艾蓮活著的這段期間嗎？也活太久了吧？」

「意思是到我與凱亞爾葛哥哥的孩子那一代都能高枕無憂。因為那是我和凱亞爾葛哥哥的孩子，又是由我親自教育嘛。肯定能讓國家順利繁榮。由優秀的人領導笨蛋絕對更有效率……可是，王國有著致命的缺點，如果要放眼千年之後，就不該選擇這條路。」

原來如此，似乎是我誤會了。

我原本以為艾蓮也是認定只能選君主制，她會召開這次的會議，想透過商量來決定這件事，充其量也只是走個形式。沒想到她考慮得這麼長遠，這樣確實會有選擇的餘地。

我插個嘴好了。

「要是有個蠢到極點的笨蛋當上領導者，王國就會在那瞬間毀滅。而且令人難過的是，總有一天肯定會出現那種人。」

這是權力過於集中在一點的宿命。

一旦愚蠢的傢伙站上頂點，到時就沒人能夠阻止，只能邁向破滅的道路……雖說在毀滅之前可以透過政變或是其他方式排除掉領導者，藉此拯救國家，但就某種意義上來說，這與國家滅亡是相同的意思。

「難道共和國就沒有這種風險嗎？」

「是啊。因為是由笨蛋所選出的一群笨蛋開開心心地商量國家大事，即使有個格外優秀的笨蛋，他也沒辦法為所欲為。因為普通的笨蛋會幫忙制止他。總結來說，王國會遭到站在頂點的人能力優劣而左右，共和國雖然品質與效率都很糟糕，但不會變成最差。艾蓮說的只著眼在一百年就是這個意思。」

「是的，不愧是凱亞爾葛哥哥。你幫我說明了我想表達的意思。那麼，我們要建立一個可以到孩子那代繁榮昌盛的國家，或者是不上不下，可以持續到千年後的國家，凱亞爾葛哥哥要決定哪個呢？」

這種事情可以立即回答。

根本沒必要煩惱。

「王國。我才不管我們死了後會怎麼樣。我要在還活著的時候盡可能地享受人生。」

「這樣聽起來也滿不負責任的……」

「沒有什麼負不負責，要我們扛起責任反而有問題。將來的事情就交給以後的人去解決，因為那是那些傢伙的責任。若是連這份責任也要一肩扛起，也太過保護、太小看他們了。不如相信看著我們的背影長大的那些傢伙吧。」

聽到我說的話，女人們笑了。

「嗯，如果是剎那和凱亞爾葛大人的小孩，會很強。」

「我會讓他成為超越我的魔術士。」

「我一定會讓孩子成為超越我的【劍聖】。武學方面就交給我吧。」

「我要為我和凱亞爾葛哥哥的孩子灌輸帝王學！」

這樣就好。

而我們就盡早把工作都丟給孩子，找個地方隱居吧。

嗯，這樣一來我可以得到國家，而且還可以推掉麻煩事。

這是最快的方法。

那麼，得趁早生小孩才行。以前還會為了防止戰力下滑而避孕，今後已經沒這個必要了。

從今天開始就立刻開工吧。

第五話 回復術士發動政變

我們決定將自己的國家定位為王國，也就是採用由國王統治的君主制。

再來就是該如何執行。

難度本身相當高。畢竟發起政變就等於要與所有的既得利益者為敵。要是我們行動時還要顧慮到他們，他國就有可能看穿這一切都是我們為了迴避責任所演的鬧劇。

……但是，即使這個行動很亂來，我依然認為艾蓮一定會處理得很好。

「那麼，就決定以王國來進行了。而且是非常原始，將權力集中到一部分的感覺！如果我們不自重點、一口氣繁衍後代，這樣反而對將來更有利。」

採用君主制後進一步強化中央的權力……簡而言之，艾蓮的意思是要採用可以完全由國王進行獨裁的政治體制。

以前的吉歐拉爾王國也是以國王為絕對標竿。要超越當時的標準，國王的行為舉止就真的要像神一樣。

但既然是由艾蓮主導就沒問題了。

在這個國家沒有人比她更聰穎，要是有人幫她踩煞車反而礙事。

這樣的艾蓮拍了拍雙手，吸引眾人的目光。

「那麼接下來，要決定國家的名字。明天就要發動政變，得趁今天決定才行。順帶一提，政變的日程沒辦法更動，因為我已經事先進行了各式各樣的準備。」

「名字什麼的，等掌握權力後再慢慢決定就好了吧。」

「不行喔。在奪下政權的那一天盛大發表才有衝擊性。因此……大家有好好想過了嗎？我事前提醒過這是作業了吧？」

艾蓮質問剎那等人。

順便說一下，我壓根沒想過國家的名字。

昨天在疼愛著艾蓮的時候就過完一天了。

算了，反正沒有想的應該不只我，其實也無所謂吧。

我抱著這樣的想法望向大家的臉，卻沒有任何人感到動搖……真的假的？大家都有認真思考過啊。

「看來各位都有仔細想過，那我就放心了。那麼我們就照順序發表吧。」

「嗯，剎那想的是凱亞爾葛王國。這個國家是凱亞爾葛大人的！」

「喂，先等等。那不是昨天在最後提到的名字嗎？」

「可是，那是最好的。」

剎那臉上一如往常面無表情，如此斷言。

從她尾巴在搖的這點來看，她是真的很中意那個名字。

「那麼，接下來輪到我了呢。」

芙蕾雅好像要第二個發表。

「我也認為最好可以從名稱就知道這是屬於凱亞爾葛大人的國家。因此我想的名字是……凱亞爾葛帝國！」

「只是從王變成帝而已啊……」

「這樣聽起來比較強！比起國王，皇帝給人的感覺就比較高高在上！」

芙蕾雅以前真的是公主嗎？

王國與帝國的差異，在於王國基本上是一國之主。帝國則是包含自國在內還統治了好幾個國家。

原本吉歐拉爾王國就擁有許多屬國，構造上屬於帝國。

只不過以現狀來說，屬國接連叛離，要稱為帝國也很可笑。

「妳們兩個……這樣怎麼行啊。」

克蕾赫對此感到傻眼。

「嗯？那麼，克蕾赫取什麼名字？」

「我想的是萊娜拉王國。我與凱亞爾葛相遇的那個場所，盛開著萊娜拉的花朵。所以每當我看到萊娜拉，就會想起凱亞爾葛。萊娜拉很漂亮，對我而言是與凱亞爾葛之間的回憶。所以

我想取這個名字。」

我與克蕾赫第一次相遇，就是在萊娜拉之間治療她那次。

真令人懷念。

而且那種花確實很美。

然而我無法贊成。要是把曾是吉歐拉爾王國象徵的國花取為新的國名，勢必會造成問題。

艾蓮也露出苦笑。

因為克蕾赫很認真思考過，沒辦法太苛責她。但艾蓮和我一樣，她基於政治上的判斷，認為以吉歐拉爾王國的象徵命名實在不太妥當，所以才露出那種表情。

「那麼，接下來輪到我了。我想的是帕那奎亞王國。如大家所說，我也希望能從國名就能明確知道這個國家是屬於凱亞爾葛哥哥的。可是，要直接以凱亞爾葛哥哥的名字命名會有點低俗，所以我想取個可以透過聯想的名字。提到凱亞爾葛哥哥就是治癒。所以我才會以治癒女神的名字命名。」

冠有神祇之名的國家既吉利又有品味，而且可以從治癒女神聯想到我。足以對內外宣示這是屬於我的國家。

「真不愧是艾蓮呢……這個名稱實在無可挑剔。」

「嗯，是個好名字。但剎那還是喜歡凱亞爾葛王國，這樣更好懂。」

「我也贊成艾蓮取的名字。」

「這樣還太快了。還有凱亞爾葛大人想的名字喔。」

所有人的目光集中在我身上，我隨即露出無畏的笑容。

在這個氣氛下我可說不出口啊。我其實覺得名字怎麼樣都無所謂，況且也根本沒有想過。

「……真是偶然，我想的名字和艾蓮一樣。」

所以，我決定順著艾蓮的話走。

這樣一來我就能保有威嚴。

「既然凱亞爾葛大人也這麼想，剎那也覺得那個就好。」

唯一拘泥於凱亞爾葛王國的剎那贊成後，所有人的意見便達成共識。

「那麼，就決定命名為帕那奎亞王國了呢。真期待政變的那一刻到來呢。就在明天，吉歐拉爾王國將會重生為凱亞爾葛哥哥的帕那奎亞王國！再來，這是憲法與法律。由於要重新改造國家，就把規則也更動吧。畢竟重新來過的機會並不多，而且現在的規則是為了守護貴族的既得利益，才故意制定成複雜又沒有效率的那種。」

她遞給我們一捆紙。

明明裡面彙整了國家的法律與憲法，但張數出奇地少。

是因為追求效率才會變成這樣吧。

「嗯，就照這份去執行吧。」

「你不看就回應好嗎？」

「我之後當然會好好過目。但既然是艾蓮制定的，內容就不會有問題。艾蓮的工作都已經堆積如山了吧？現在不是浪費時間等我回應的時候。」

「說不定我是猜到凱亞爾葛哥哥會這麼說，設下了從你手中奪走權力的陷阱喔。」

「若真是那樣也沒關係，我相信著艾蓮。而且真要說的話，要是艾蓮不在，經營國家這種麻煩的事情我怎麼幹得下去。在妳背叛的那一刻，這個國家也等於結束了。」

經營國家極為麻煩。

我連治理一個領地都嫌麻煩了，怎麼可能做得下去。

「那麼，我就回應你的信任吧。」

「明天的流程是怎麼安排？我也有事情得做吧？」

「請不用擔心。凱亞爾葛只要和我待在一起，一旦遇上狀況我就會立刻給予指示，請各位明天早上六點過來這裡，除了芙蕾雅小姐以外都要在這集合。芙蕾雅小姐，妳到時由凱亞爾葛哥哥幫妳換成芙列雅公主的臉，之後就在王室待著。」

「艾蓮，我該做什麼呢？」

「妳只要擺著架子在那邊等著就好。」

「真是淺顯易懂呢。那麼我就扮演公主殿下吧。」

氣氛輕鬆到一點也不像竊國的前一天。

竊國基本上事前準備占了九成九以上。

由於艾蓮完美地做好了事前準備，所以我們現在才能如此游刃有餘。

而且，也正因為艾蓮以外的人相信著她，大家才有辦法笑得出來。

就讓她們在貴賓席看著我竊取這個國家吧。

◇

如此這般，來到了政變的當天。

按照預定，我將芙蕾雅的模樣變為芙列雅公主，讓她留在王室，其他人則是聚集到昨天的房間。

我自己現在也不是凱亞爾葛的外表，而是變為【癒】之勇者凱亞爾的模樣。

我們將所有窗戶打開，望向外頭。

城堡被約莫五千名軍隊團團包圍。不管怎麼看都是叛軍。

而且，還用擴音器在大聲喊叫。

「喂，艾蓮。那些傢伙在喊什麼【癒】之軍隊耶。」

他們喊叫的內容是「英雄【癒】之勇者認為我們不能再把國家交給王族，決定挺身而出，而與他的志向有共鳴的人都聚集在這了。將這個國家交給凱亞爾」這樣。

「嗯，畢竟是凱亞爾葛哥哥要發起政變嘛。」

「不過話又說回來，真虧現在的吉歐拉爾王國還能募集到五千名士兵啊。」

歷經吉歐拉爾王的失控、與布列特之間的戰爭，戰死者難以估計，而且不僅屬國，有好幾個城鎮也紛紛叛離了。

現在的吉歐拉爾王國應該沒有聚集五千名士兵的本錢。

「那些人不只是吉歐拉爾王國的士兵喔。是我透過各種管道，麻煩好幾個國家幫忙派兵前來。卡士塔王子也爽快地答應協助我們喔。」

「對外的劇本是我巡迴各國闡述自己的理想，而對此有共鳴的國家都對我伸出援手嗎？原來如此，確實合情合理。這麼做會使得政變更加有真實性。」

不過改變國家名字的目的，是為了主張吉歐拉爾王國的罪業就該由吉歐拉爾王國自行承擔，和我們絲毫沒有瓜葛。

這樣一來，我們就不用支付給周邊諸國的賠償金以及其他補償。

正因為如此，要是這場政變被看穿是打假球就玩完了。

艾蓮將好幾個國家牽扯進來、增加真實感，這是相當傑出的一手。牽扯到周邊諸國藉此增加共犯、擴大規模，就不會讓政變看起來很假，消除別人的疑慮。

而且若是其他國家也有出兵，各種國家的諜報員便會為了取得情報，來到政變的現場，屆時便會把政變的情報傳回自己國家。

艾蓮做事依舊是無懈可擊。

「捏造出叛軍的存在是沒關係，但他們看起來像是在來真的，這是怎麼回事？讓這裡血流成河好嗎？」

王城那邊無視叛軍的投降勸告，所以叛軍開始攻城，已經開戰了。

「因為其他國家的諜報員已經陸續出現，得好好讓他們目睹到流血的過程才行。啊，請不用擔心。包含這點在內都是事先準備好的橋段。這座城堡很小，北側與東側是斷崖絕壁。能攻進去的只有南側與西側。而我事前已經動員所有人，重新強化了西側的城牆與護城河，因此敵人只會從南側入侵，形成了易於防守的一條狹窄路線。一次能攻進來的人數量有限。」

即使聚集再多士兵，只要我們不主動離開城堡，能攻擊的就只有一部分，其他人則是只能作壁上觀。

這裡果然是不錯的城堡。

守備固若金湯。

「這樣啊，如果是這個人數，要怎麼演都行嗎？」

「沒錯，無論是在叛軍擔任前鋒的人，或是在進行防衛的部隊，兩邊都是事前經過我指導演技的演員。目前正按照計畫，營造出勢均力敵的狀況拖長戰鬥，同時適當地增加負傷者。」

「像這樣適當地你來我往，等戰況陷入膠著，就輪到我出場了對吧。」

「是的，雙方演得都很不錯呢。再兩個小時左右就去吧。」

「嗯，芙蕾雅還在等我呢。」

在這個狀況下，我該前往的場所只有一個。

就是芙蕾雅在等待的王座之間。

既然都走到這一步，接下來的發展即使不用說明，我也看得一清二楚。

到時候，就總算輪到我出場了。

離我出場還有一段時間。

先想好可以令人接受的演說內容，練習一下演技好了。

這可是新的支配者首次在眾人面前亮相。

必須要展現出一定程度的帥氣，讓大家見識我的威嚴才行。

第六話 回復術士成為國王

責。

吉歐拉爾王國的政變正好評上映中。

我姑且算是主謀，但其實目前綽有餘裕。畢竟從制定計畫乃至執行，都是交給艾蓮全權負責。

城堡搖晃得相當劇烈。

每當巨大的魔力彼此衝撞之際，便會引起這股震動。這種感覺就像是世界發出吼聲一樣。

……恐怕是好幾十名一流水準的魔術士合力發動戰術級的儀式魔術攻擊城堡，而設置在城堡的結界好不容易擋下來了吧。

「還滿認真在打啊。」

「沒錯，是來真的。否則可騙不了別國。會派到這種地方的諜報員都是各國的佼佼者。所以我準備了各種戲碼，像是攻城兵器互相撞擊、儀式魔術的過度干涉造成超載、英雄級別的戰士單挑之類的活動來炒熱氣氛。」

不管從哪個角度看，都是真正的戰爭。

能像這樣塞進各式各樣的要素，同時卻又將雙方的損害壓低到最小限度，可說是奇蹟般的調度。

幸好艾蓮是自己人。

除了艾蓮以外的伙伴，說穿了就是思考單純的肉體派。雖然有戰鬥力，但也僅此而已。我們至今不知道被艾蓮救過幾次了。

「又在搖了。」

「還不只這樣喔。依我的預定，氣氛還要炒得更加熱烈呢！」

我們以戰場的怒吼與爆炸聲作為背景音樂，同時前往芙蕾雅所待的王室。

這是為了結束這場戰爭。

現在出現了不少傷患，對他國展示的公開表演也已經足夠了吧。

◇

我們抵達王室後，坐在王座睡著午覺的芙蕾雅便醒了過來。

「……妳也相當悠哉啊。」

「啊，對不起。因為我實在沒事可做。」

聽起來實在不像是國家遭到政變的公主殿下會說的話。

要是這句話洩漏出去，立刻就會被發現這是在演戲。

芙蕾雅依艾蓮的吩咐換上了王族所穿的止裝，而且還為了證明她擁有王位，頭上戴著王冠。

直到前陣子還是吉歐拉爾王戴著那個，現在的持有者換成了芙蕾雅。

「差不多該輪到我們出場了。妳先擦掉口水，做好心理準備吧。」

「是，為了凱亞爾葛大人值得紀念的舞台，我會竭盡心力炒熱氣氛的。」

我的工作是讓芙列雅公主投降，並宣告這個國家已經是屬於我的了。

依照劇本，派出五千名士兵的叛軍是用米聲東擊西，真正的目的是由我潛入王室。

我祕密地潛入城內，抵達芙列雅公主所在的地方，而且不是透過武力，是經由我說服之後，芙列雅公主才決定投降，將王權讓給我。

艾蓮雖然準備了劇本給芙蕾雅，但她卻要我用臨場反應設法完成這段宣言。

艾蓮的理由是這麼做會表現出我的風格，會更有說服力。

說實話，我不是很擅長做這種事，原本是打算交給艾蓮準備，她卻笑著說：「凱亞爾葛哥哥不擅長演戲。要是準備腳本就會知道你完全是照稿唸的，一覽無遺。這樣會害得一切的辛苦都白費掉喔？」以此為由拒絕了我。

至於要說有哪裡不甘心，就是她完全講到重點，害得我無法反駁。

「芙蕾雅小姐、凱亞爾葛哥哥，事情發展得比想像中還要快，再過二十分鐘左右就輪到你們出場了。現在場上已經炒熱了氣氛……叛軍那邊有比預想中更多的義勇兵混進裡頭，那些人似乎在尋求自我表現，我沒辦法控制住他們。光這樣已經不是好消息了，裡面甚至有幾個人的實力是英雄級別。最多只能再撐一個小時。」

「這表示艾蓮的判斷也並非完美啊。」

「是的，實在很慚愧……凱亞爾葛哥哥似乎比想像中更有人望。根據部下的報告，那些英雄級別的人似乎說自己是凱亞爾葛哥哥的熟人。」

艾蓮以不悅的眼神盯著我，可是我對英雄級別的熟人根本沒有頭緒。

「那麼得快點才行……我已經做好心理準備了。」

我露出微笑，擺出英雄該有的表情。

用【改良(Heal)】將外表變為凱亞爾後，身高縮水、表情也變得柔和。

「凱亞爾葛大人平常的模樣很帥沒錯，但凱亞爾大人的模樣果然也很帥氣。」

「我也這麼認為。凱亞爾葛哥哥威風凜凜又帥氣，但凱亞爾哥哥的外表溫柔，也是同樣帥氣。」

我露出苦笑。

沒想到從前因為外表懦弱而被我捨棄的凱亞爾居然會被說帥。

但這是個好機會。我把從很久以前就決定好的事情告訴她們倆吧。

「關於這件事呢，其實我不會再變回凱亞爾葛的模樣了。有一部分是因為今後要以凱亞爾作為這個國家的國王……重點是，我已經不再需要凱亞爾葛了。」

凱亞爾葛對我而言是鎧甲。

要完成復仇，凱亞爾過於溫柔、過於脆弱。

所以我才會創造出強大且毫不留情的，那個理想中的自己（凱亞爾）。這個代價就是將溫柔連同懦弱一併捨棄了。

正因為是凱亞爾葛，我才能完成復仇。

但如今復仇已經結束了。我不再需要名為凱亞爾葛的鎧甲。今後需要的並非凱亞爾葛的強大，而是凱亞爾的溫柔。

我想作為凱亞爾，與我的女人一起創造幸福。

「雖然這樣很令人遺憾，但我認為這是個好主意。現在的凱亞爾葛哥哥……不，凱亞爾哥哥，非常適合你。」

「是的，我覺得現在的模樣更像您。因為凱亞爾葛大人有時會勉強自己使壞。」

凱亞爾的模樣更像我嗎？

若是在一個月前聽到這種話，我八成會大發雷霆吧。

可是現在……

「我也這麼想。」

我說完便笑了。

栽種美味的蘋果，希望讓大家都獲得幸福，憧憬著勇者，想為了拯救某人而拿劍挺身而出的凱亞爾。

即使變回凱亞爾，我大概也和往昔的自己不同了。

我經歷了太多事情，得到了許多，也失去了許多。

可是，我很中意改變之後的我。

比起凱亞爾葛、比起從前的凱亞爾，我更想以現在的凱亞爾活下去。

……要是我再度變回凱亞爾葛，想必是我的重要事物遭到剝奪吧。

「好啦，聊著聊著，時間也差不多了。走吧，芙蕾雅……不，芙列雅。」

「是！」

芙蕾雅現在變回了芙列雅公主的模樣，我牽起她的手。

如同我變回了凱亞爾，或許也是時候讓芙蕾雅變回芙列雅了。

艾蓮說即使取回記憶，她依然想以艾蓮的身分活下去，芙蕾雅肯定也會像她一樣……我現在不禁會這麼認為。

◇

眾人看到艾蓮的信號，故意讓叛軍衝破防線，戰場頓時移到城內。

我就是在等這個時候。

我牽著芙蕾雅走到了露臺。

這個霧臺是為了讓聲音能傳給下面的人聽到而設計的，從下方可以看得一清二楚。

「我是【癒】之勇者凱亞爾！雙方都把劍收起來！這場戰鬥已經沒有意義了。吉歐拉爾王國第一公主，芙列雅．艾爾格蘭帝．吉歐拉爾已經投降了！」

我大聲地如此宣言。

聲音經由魔力增幅，城內領地自是當然，也同時響徹著城外。

而且發出去的不只是聲音。

這是吉歐拉爾王國研究的裝置，可以增幅蘊含在聲音當中的情感，藉此進行簡易的洗腦。

儘管我對他們做了如此陰險的裝置感到傻眼，但既然有這種東西，就讓我好好利用吧。

看來效果相當顯著，因戰場的熱氣而情緒激昂的士兵們紛紛茫然地停下動作，抬頭望著露臺。

我確認眾人的目光集中之後，便推了芙蕾雅的背。

「我，芙列雅．艾爾格蘭帝．吉歐拉爾已經向【癒】之勇者凱亞爾投降……但那絕非是愛惜自己的性命才出賣這個國家。傾聽凱亞爾大人的話，能讓這個國家的國民更加幸福。我是如此認為，才會將國家託付給他的。」

芙列雅的領袖魅力果然是出類拔萃。

她有著美麗的容貌，以及任何人都會為之瘋狂的聲音。

她的一舉一動都自然無比，卻比任何合理的演技都還能掌握人心。

她是最有公主風範的公主。這才是芙列雅公主令人畏懼的才能。以一名軍師、政略家而言，艾蓮絕對比她更為出色；但如果以政治家來說，芙列雅就能與艾蓮比肩。她的領袖魅力、撼動人心的資質就是如此卓越。

「我之所以發動叛亂並非出於怨恨。我只是為了讓這個國家變得更好，不打算留下多餘的血。所以我不會進行肅清，也不打算看輕至今一直支持著這個國家的人們。我要以此為立足點吹起新的風，改變這個國家。」

「他這番話是千真萬確。凱亞爾大人甚至還說需要我的力量，執起了我的手。」

芙蕾雅臉上浮現可以融化所有人心靈的微笑，朝我伸手。

接著，我緊緊地握住了她的手。

眼見引起叛亂的人與害得這場叛亂發生的人握手言和，露臺下的人紛紛感到動搖。

「各位，爭鬥已經結束了。接下來我們要牽起彼此的手，一起讓這個國家變得更好。請各位先把劍收起來，就像我和芙列雅一樣，握手言和吧。這才是讓個著國家重生、變得更好的第一步！」

看到身為反叛軍領導者的我與吉歐拉爾王國的支配者芙列雅公主握手言和，剛才為止都還在互相殘殺的士兵們被這幕景象深深打動，陸續地握起彼此的手。

如此動人的景象就呈現在我們的眼前。

我與芙蕾雅看著眼前的光景，不禁露出微笑。

「謝謝各位！由於各位牽起彼此的手，這國家將會有所改變。我向各位保證，本人【癒】之勇者凱亞爾，一定會治癒這個遍體鱗傷、委靡不振的國家，讓這裡成為比以前更加豐饒的國家。就在現在這個瞬間，吉歐拉爾王國已死，重生為新的國家了。」

我說到這裡先頓了一下。

看準眾人的關注與期待升至極限，我繼續開口說道：

「這個全新的國家……就叫帕那奎亞王國！是冠以治癒女神名字的國家。今後要靠我們所有人，一同繁榮這個新的國家。我希望各位與我一起，迎向幸福的未來！」

猶如呼應我的這番話般，露臺下頓時歡聲雷動、不斷拍手。

此時不論是敵人還是同伴都無所謂。

「「「帕那奎亞王國萬歲！」」」

這個瞬間，在場的所有人確實是心意相通的。

我一臉滿足地點頭。

總算是靠著當下的氛圍與氣勢設法撐過去了。

肯定任誰都沒料到不論是剛才的演說還是這次的政變都沒太大意義，只是我們為了賴掉賠償金才演的一場戲。

但剛才那番話，我希望能說到做到。

儘管我說的話是理想論，但為了讓我的女人，以及將來會出生的孩子們幸福生活，我需要那樣的國家。

如果是為了這個目的，我可以再努力一陣子。

我一邊想著這種事，同時與芙蕾雅一起回到城內。

我們的戲分就到這裡結束，之後艾蓮想必會悄悄地幫忙善後。

第七話 回復術士挑戰世界宗教

我們在政變結束後，便忙得不可開交。

國家領袖一旦替換，就得舉辦各方面都很麻煩的典禮，再不然就是到處拜訪。況且就算事前準備再怎麼充足，仍舊避免不了國內外掀起一陣反對聲浪。

然而在形成嚴重問題前，我們便事先摘除了幼苗。

這個部分也有賴艾蓮的出色活躍。

她圓滑地調整方針，巧妙地應對各種層出不窮的狀況，同時也準備好合適的舞台，讓剛即位成為國王的我只須上台敷衍幾句就能了事。

多虧有她，讓我輕鬆了不少。

政治果然既繁瑣又困難，我不認為自己有辦法像艾蓮那樣應對得宜。

如果是我，八成會在某個時間點失去理智，轉而用【恢復】配合下藥，時不時洗腦那些煩人的傢伙。

看來我原本認為管理國家實在過於麻煩，根本幹不下去的直覺是對的。

狀況總算穩定下來之後，我與艾蓮重用的文官和我的女人們搭上馬車離開了國家。

目的是為了參加世界會議，而這趟旅程到今天剛好一個星期。

「飛機還沒修好實在教人難受呢。要是搭飛機只要一天就能抵達了說。」

芙列雅喃喃抱怨。

從那天開始，就如同我變回了凱亞爾，芙蕾雅也變回了芙列雅。

她的記憶並沒有恢復。

但我告訴她要以芙列雅的身分生活。

那是因為今後芙列雅公主的工作會暫時變多，每次都得變回來也很麻煩……而且也是我的感傷。

「我原本是想打造一架不用仰賴飛龍素材的飛機……只是完全騰不出時間。」

畢竟我知道飛機有多麼快速，自然會對馬車的速度感到不滿。

要是花費在移動上的時間能拿來運用，明明可以做更多事情……

不過，既然沒時間打造也沒辦法。

要是再延後出發的時間，會趕不上世界會議。

萬一沒趕上，其他國家就會趁著我們不在擅自定下結論，很有可能導致國家遭到毀滅。

「現在我在尋找凱亞爾哥哥的影武者。等做好準備之後，以後可以派替身解決的事情都能靠他處理，這樣一來凱亞爾葛哥哥就會輕鬆多了。還請你忍到那個時候。畢竟就算是我也無法代替國王。」

「感謝妳，艾蓮。畢竟在帕那奎亞王國，國王只是裝飾。就算我不在也沒關係。」

國內的所有事情都是交由艾蓮主導。

雖說國王是有必要的工作沒錯，但單純待在現場就是工作。

所以不需要本人出面，只要找個外貌神似的冒牌貨就夠了。不然我也可以用【改良】幫忙改變樣貌。

「關於這點我倒是頗有微詞。原本你就把所有權限都交給艾蓮了，現在就連影武者也是艾蓮的人偶對吧……要是艾蓮有那個意思，可是能輕易就奪走國家的喔。」

「其實不需要用上影武者，這種事情原本就是看艾蓮有沒有那個意思。因為只有艾蓮能實現我的理想。若是艾蓮背叛我，一切就結束了，為了不讓她背叛而想個對策限制她，這麼做其實也沒什麼意義。」

我能做的，就只有告訴她我想要建立什麼樣的國家。

我沒有能力做到更多事情。

某種意義上，這才是國王應有的理想狀態。

由國王指示道路，人民負責實現。

「請交給我吧。我不可能背叛凱亞爾葛哥哥。」

「……也對，抱歉說了這種奇怪的話。不過話說回來，凱亞爾葛與芙蕾雅明明變成凱亞爾與芙列雅後已經過了一陣子，我依然沒辦法適應呢。畢竟無論是聲音還是外表都不一樣。」

我與芙蕾雅……芙列雅露出苦笑。

就算這麼說……跟我抱怨也沒用啊。

「嗯，剎那覺得沒問題。因為味道沒變，不覺得有哪裡不對勁。」

「紅蓮也是，只要幫紅蓮做舒服的事情、給肉吃的話就無所謂的說！」

與克蕾赫不同，獸耳雙人組倒是很快就適應了。

嘴上這麼說，但或許是因為她們有野獸的性質，在辨別他人時並非透過外表與聲音這類表層的部分，而是更加深層的地方。

實際上，我們的內在並沒有改變。

我除了不再像以前那樣勉強自己說那種看起來像壞蛋的話，變得稍微溫柔了一些之外，其實並沒有什麼變化，芙蕾雅在變回芙列雅後則是完全沒有改變。

「也對。我會努力習慣的。」

「不然我就在床上好好告訴妳，我依然沒變如何？」

最近諸事纏身，沒時間抱我的女人。

今天就來疼愛克蕾赫吧。

只要盡情地交纏彼此的身體，她的不協調感想必就會消失了吧。

「呵呵，那就拜託你了。其實我的身體現在非常難耐。」

「啊啊，好狡猾。我最近也很久沒做了。雖然我也明白凱亞爾大人當上國王後十分忙碌，但請你也該疼愛我們了！」

「紅蓮也要的說！」

「嗯，剎那也希望凱亞爾大人疼愛我。」

「我可是知道剎那每天早上都在侍奉凱亞爾哥哥喔……現在是包含我在內的五個人展開爭奪戰呢。」

我的女人們熱烈地爭論。

反正很久沒做了，就大家一起好了。

「要吵鬧是沒關係，但已經抵達目的地嘍。這下漫長的旅程也總算結束了。這國家就是世界會議的會場嗎？」

我們進入城鎮之中。

眼前是白色的街道。放眼望去，所有建築物都是白色，街上打掃得一塵不染，是個美麗又清爽的城鎮。

……不過，這樣的景緻不過是虛榮心使然的假象。畢竟這個國家的法律不允許白色以外的顏色，要是人民偷懶不去打掃，便會有嚴厲的懲罰等著他們。

這是以白色塗抹汙穢之物，所創造的虛偽的世界。

「以世界會議的會場來說倒是很適合。與吉歐拉爾王國、葛蘭茲巴赫帝國比肩的世界三大強國之一，司寇帝利亞皇國。前兩個國家滅亡之後，這個國家便順理成章地成為了世界的中心。」

司寇帝利亞皇國。

這個國家的宗教色彩濃厚。畢竟這裡也是吉歐拉爾王國的國教，法蘭教的總管轄處。我討厭法蘭教。

從前，我的村子曾被法蘭教視為染指邪教，導致整個村子被燃燒殆盡。

儘管那次的計策是在這裡的艾蓮還是諾倫公主時所想的，但認定村子與邪教勾結的是法蘭教。

只要收下金錢，就會對無辜的村子蓋上邪教的烙印。擺出聖職者的架子裝成善人……實在教人作嘔。

正因為如此，我殺死吉歐拉爾王後，便將法蘭教徹底逐出國內。

因為我趕走了有許多信徒的宗教，自然會掀起反對的聲浪，也有許多人民因此失去心靈上的依靠。畢竟那是在全世界有著龐大勢力的宗教，因此我也樹立了許多敵人。

當時的判斷以政治的層面來看，我承認是很不明智的舉動。

即使如此，我依然這麼做了。

我絕不會原諒掠奪我重要事物的傢伙。

更重要的是，我絕對無法接受這個法蘭教的教義。

「嗯，總覺得被一直盯著看。」

「好噁心的說！」

剎那與紅蓮從馬車踏出身子觀看街景，但投向她們的視線很奇怪。敵意、輕視以及厭惡。

他們的眼眸當中交織著這類情緒。

「那是有理由的。在這國家的教義，似乎只有人類是被神選上、受到愛戴的特別存在。至於其他生物，無論獸人、亞人還是魔族，全都屬於下等的存在。」

「不愧是凱亞爾哥哥，真是博學多聞。正因為有這樣的教義，所以這個國家才會與吉歐拉爾王國的關係良好，畢竟吉歐拉國將亞人與獸人視為奴隸，還與魔族進行戰爭。」

除了人類以外都不是人。

正因為他們被這樣教導，所以才對剎那與紅蓮投以那樣的眼神。

吉歐拉爾王國對亞人的歧視非常嚴重，有很大一部分是受到法蘭教的影響。

而這個國家畢竟是這個宗教的大本營，對亞人的歧視自然更加過分。

他們從出生後就不斷被灌輸這樣的觀念，想法已經根深蒂固。事到如今，根本不可能改變自己的價值觀。

我的國家帕那奎亞王國認同獸人與亞人的人權，而且還打算與魔族締結同盟。我之所以會驅逐法蘭教，一部分是基於以前結下的梁子，另一部分則是因為對我所追求的國家來說，他們只是礙事的存在。

我不需要這種狗屎般的教義。

「等等的說！紅蓮是神獸的說！把紅蓮當成獸人實在太莫名其妙了說！既然要崇拜神祇，好歹要感受一下紅蓮毛茸茸又柔嫩的軀體散發出來的神氣的說！」

紅蓮在大吼的同時，比平常發出更多神獸特有的聖氣。

若是真的有能力的聖職者看到她驚人的聖氣，肯定會頓時失禁，當場下跪。

「沒用的。因為這幫傢伙雖然信神，卻沒辦法感應到神祇，也不夠格得到神的恩惠。」

「這樣他們為什麼還要信仰神明、供奉著祂的說？」

「因為他們認為只要遵從教義，自己就是被神明所選上的特別存在。他們不僅瞧不起人類以外的種族，也鄙視不遵從法蘭教教義的傢伙。正因為他們一無所有，才會想仰賴某個東西，藉此輕鬆地得到優越感。更重要的是，法蘭教所崇敬的法拉爾·法蘭神根本就不存在。向不存在的神明祈禱也沒有意義。說穿了就是洗腦罷了。」

「真笨的說。眼前明明就有值得崇敬的神獸大人卻不屑一顧，反而崇敬冒牌的神明，真是腦袋有洞的說。」

「這點我不否認，但所謂的宗教就是那麼一回事。」

宗教的本質，就是為心靈脆弱的人準備可以依靠的對象，讓他藉此保持心靈的平靜。

這與崇敬的對象是否真實存在並無關聯。司寇帝利亞皇國的局勢相當穩定，從這點來看，證明這種做法十分成功。

不過講明白點，只要付個錢做做儀式，就能成為被選上的存在，宗教的本質就是向人販賣這種商品，而其中集大成的便是法蘭教。

我是覺得隨他們高興就好。

但是，我不允許他們把教義擅自推到別人家。他們自己人再怎麼盲信愚蠢的宗教是他們的自由，但他們甚至打算排除違背教義的存在，所以才麻煩。

這次世界會議要討論的主題，是如何分配名為葛蘭茲巴赫帝國的大餅。

如今有各式各樣的國家聚集在那個崩壞的大國，互相爭奪該處的領地與特權。

但還有兩個私底下的主題，那些傢伙故意不告訴吉歐拉爾王國……正確來說是不告訴帕那奎亞王國。

就是要求我們賠罪，並對此做出賠償，另外，就是修正我們帕那奎亞王國所提出的平等對待獸人與亞人的法案……我們與魔族的同盟還沒浮上檯面，一旦他們發現這件事，甚至有可能發起戰爭。

簡而言之，這些傢伙就是想一而再、再而三地壓榨我們，把所有能搶的東西統統奪走。

但很可惜的，艾蓮事前就掌握了這些情報，也想好了對策。

我們不會單方面挨打，而是做好了被打就還手的準備。

我沒打算手下留情。

我在還是凱亞爾葛時找到了這樣的強悍。

就算變回凱亞爾，我也不會失去這個特質。

我會給這群想咬住我們的鬣狗顏色瞧瞧。然後還要折斷他們的獠牙，讓他們不敢再對我們張牙舞爪。

第八話 回復術士提出異議

法蘭教即使說是世界主要宗教也不為過，而我們直到舉辦世界會議之前，在該宗教的大本營度過了幾天生活。

我們被視為國賓熱情款待。

不論旅社還是餐點都是超一級品。

儘管如此，他們對剎那與紅蓮的眼神仍然夾雜著無法徹底隱藏的厭惡。

在這裡的都是為了款待國賓的專業人士。本來的話，不可能向國賓投以侮蔑的眼神，但這個國家就是奇怪到會發生這種難以理解的狀況。

從這點可以了解，他們內心對亞人的歧視究竟有多麼根深蒂固。

於是，今天終於到了世界會議當天。

從早上開始就有會議，等吃完早餐後就前往那邊吧。

「為什麼凱亞爾要帶剎那與紅蓮來這，你應該也早就明白這裡的人會對她們倆很不友善吧。」

「是啊，我和艾蓮談過，是理解這點才帶她們來的。因為有這個必要。」

剎那與紅蓮在文件上是我們的護衛。

簡單來說，就是可以隨便找個人代替的工作。

所以，並不是非得帶她們一起來。

考慮到她們在這個國家得面對什麼樣的視線與情感，應該要讓她們留在帕那奎亞王國才對。

「剎那很高興凱亞爾大人願意帶剎那過來。剎那不想和凱亞爾大人分開，其他人要其他人怎麼想根本無所謂。」

「紅蓮也習慣了說！況且來到這裡後，主人比平常更疼愛紅蓮的說！」

「因為這兩天都只有做愛嘛。」

我是做好萬全的準備才出發的，如今根本不需要慌張。

我本來就沒打算在這種垃圾般的國家觀光，所以一直待在房裡瘋狂做愛。

每一天都過得相當充實。

「那就好。她們兩人都很堅強呢。」

克蕾赫的發言有點微妙地不對。

剎那與紅蓮的思維和我類似，除了親近的人之外幾乎沒什麼興趣。就如同剛才剎那說過的，根本無所謂。

所以她們不會在意他人的惡意。

「這陣子一直受到凱亞爾大人的疼愛。說不定會懷上凱亞爾大人的小孩。」

「與凱亞爾哥哥的小孩，真令人期待呢。」

「畢竟我現在也沒在避孕，隨時都有可能懷上。」

我之前就向所有人宣告過今後不會避孕。

這不只是為了要享受快感，我也想要小孩。

以前之所以選擇避孕，是因為我需要她們的力量幫我完成復仇，而小孩就像是日常與幸福的象徵，我對那種事情沒興趣。

但現在不同。我想要得到與她們共同度過的未來。

啊啊，原來如此，我一直將復仇視為娛樂享受。應該說我本來是這麼認為，但實際上，我只是被過去所束縛。因為我現在能夠朝著未來向前看，所以才會開始思考這種事情。

「剎那會加油的！會吃很多補充營養。」

剎那平常的食量就很大了，今天更是會吃。

對於野獸而言，如果要生小孩就會出於本能儲備營養，人類最好也學習這種做法。不過，任何事情都要有個限度。要是適得其反變得太胖，反而會增加生產的風險，況且要是搞壞身體，就本末倒置了。

「話說回來，凱亞爾哥哥。那位嘉賓好像也順利抵達了喔。」

「這樣啊，幸好勉強趕上。」

「她那邊最近好像也有不少狀況。」

「我想也是。等世界會議結束後，這邊就交給艾蓮，我就過去那邊吧。」

儘管比不上艾蓮，但我的政治能力也有一定程度。

如果只論知識，我已經複製了艾蓮的能力。雖說是否能運用自如倒是另當別論，但我一直以來都看著如此傑出的榜樣，應該能夠助她一臂之力。

「嗯，國家請交給我負責管理……那麼也差不多該走嘍。讓我們前往充滿謀略與陰謀的世界會議吧！」

我露出苦笑。

法蘭教的人在旁邊監視，她居然能滿不在乎地說世界會議滿是謀略與陰謀。

看吧，負責監視的人皺起眉頭了。雖說才一瞬間，一般人肯定不會注意到，但這種變化難逃我的法眼。

（想必她是故意要消遣對方的吧。）

那我也配合她吧。

「好啦，我就去被人當作眾矢之的吧。」

「是，凱亞爾哥哥，我已經做好把石頭扔回去的萬全準備。」

她說的話實在過於偏激，我聞言後笑了笑，執起令人信賴的軍師的手。

◇

世界會議開始了。

這裡聚集了主要各國的代表。

可以參加的人數每國以五人為限，舊吉歐拉爾王國，也就是現在的帕那奎亞王國參加者是我、芙列雅、艾蓮、克蕾赫以及剎那……以及小狐狸模式的紅蓮。

狐狸不會算進人數裡面。

我們各自的職責是國家代表，兩人負責輔佐，再加上兩名護衛。

（沒錯，吉歐拉爾王國變成帕那奎亞王國一事如今已經眾所周知，我們不是以吉歐拉爾王國的身分，而是以帕那奎亞王國的身分參加的。）

那次政變的時候混進了好幾個國家的諜報員，在我們將這份情報散布出去前，各國就已經知道了。

重要的是，我們在這場世界會議能以帕那奎亞王國的名義參加。換句話說，這代表帕那奎亞王國受到國際社會的認同。

會議場所位於大廳，在中央的是擔任司儀、負責主持的司寇帝利亞皇國的聖帝。

在司寇帝利亞皇國，被稱為聖帝的人是國家與宗教兩邊的領導者。

政教分離這類近代思想早已被拋在遙遠的另一端，在這裡宗教就等同於國家。

「嗯，時間到了，開始開會吧。」

首先按照預定，第一個議論主題是如何分配葛蘭茲巴赫帝國。

各國都大聲地主張自己應得的那份，不斷強調在先前的大戰中取得了什麼樣的功績，或者是論及那塊土地的歷史背景。

接著輪到我們發言了。艾蓮挺起身子。

「我們在先前的大戰摧毀了敵方的主力部隊，而且還藉由精銳部隊強襲首都，成功討伐敵方的指導者【砲】之勇者布列特……可以說這場大戰幾乎是憑我國一己之力才能拿下勝利。我國有權利主張葛蘭茲巴赫帝國的大半都應該歸屬我國。」

艾蓮以強硬的態度主張我國的權利。

各國聞言，紛紛強烈反對。

因為他們感到很焦躁，認為再這樣下去會失去自己應得的利益。

放任他們吵鬧半晌之後，艾蓮莞爾一笑。

接著她再度開口說道：

「話雖如此，那是吉歐拉爾王國的功績，並不屬於帕那奎亞王國。帕那奎亞王國實在不該因為吉歐拉爾王國的功績而獲得獎勵。各位是否也這麼認為呢？」

各國以為說服她了，紛紛贊同艾蓮的主張。

他們異口同聲地說那終究是吉歐拉爾王國的功績，與帕那奎亞王國無關。

……艾蓮的個性依舊這麼惡劣啊。

打從一開始，我們就不打算主張自己的利益，而是要放棄應得的利益，藉此償還吉歐拉爾王犯下的罪過。

但就算要放棄，也有各式各樣的做法。

最簡單的，就是主張「我國會放棄應得的利益，相對的，要赦免我國以前犯下的罪過」。

但要是這麼做，貪得無饜的各國肯定會拚命地吹毛求疵。

所以就這點來說，艾蓮剛才的手法相當了得，堪稱是完美的布局。

儘管也有幾個國家察覺到艾蓮的意圖，但大部分的國家都被眼前的利益沖昏了頭，決定支持艾蓮的主張，這個風向已經不會改變了。

幾分鐘後，除了帕那奎亞王國以外，各國就好似在切派那般，將葛蘭茲巴赫帝國切成一塊一塊之後吃了下去。

可以這麼乾脆地商量好如何分配，想必是因為他們在事前就已經談妥了各種協定吧。

這樣一來，表面上的議題就結束了。

然而，今天的會議並不是在這裡結束。

對我們而言，接下來才是重頭戲。

「那麼，開始下一個議題吧。關於吉歐拉爾王國，不，關於帕那奎亞王國該負起的賠償責任。由於舊吉歐拉爾王馬爾格爾特．力齊耳．吉歐拉爾的暴舉，許多國家因此蒙受嚴重的損失，這道傷痕如今也尚未癒合。因此，帕那奎亞王國有義務賠償各國。」

贊同這句話的聲音頓時此起彼落。

看樣子，光是葛蘭茲巴赫帝國似乎還不能讓他們填飽肚子。

他們這次是打從心底想吃掉我們。

如同剛才表明了自國在大戰當中的功績那般，各國接二連三地提出了自己國家受到的損失，並要求與其相符的賠償。

這些損失根本不可能當場就算出來。

他們早已知道會提出這個議題，事前就做好了萬全的準備。

除了吉歐拉爾王國之外都聽說了這件事。

……真是群糊塗的傢伙。既然這件事都傳開了，不論再怎麼把我們排除在外，情報依然會洩漏。

要是他們沒犯下這麼糊塗的錯誤，或許我們還來不及應對呢。

各國主張的賠償、金額、人才以及技術提供，我將這些合計了一下。

要是支付他們提出的要求，不僅會幾乎失去所有的資源與國土，還得背負龐大的負債，我的國家將一輩子都是其他國家的奴隸。

當各國提出的主張結束一輪，終於輪到我們了。

艾蓮望向這邊。

我記得在這個場合，必須要由身為國王的我來發言。

艾蓮相信我會理解她剛才自己設下的布局有何用意，把一切都交給我了。

「我是帕那奎亞國王，凱亞爾。關於我國需要負起賠償責任的這件事……這種東西根本不存在。那是吉歐拉爾王國做過的事情。與帕那奎亞王國無關。以上。」

我如此斷言。

我沒有任何動搖，毫不畏懼，身上纏繞著只是告知他們事實的氛圍。

當然，各國不可能認同我的主張，他們隨即起身、吶喊，會場轉眼間便籠罩著異樣的熱氣。

「開什麼玩笑！」

「我們怎麼可能接受這種說法！」

「太可惡了，根本看不出你在反省！」

也對，他們當然不可能坦率地認同這種事。

「肅靜！」

聖帝的聲音使會場平靜了下來。

不愧是世界主要宗教，這股向心力實在了得。

「帕那奎亞王凱亞爾！你以為我們會接受那種蠢話嗎？」

「你們會接受的。應該說，在座的各位都已經認同這件事了。一度定案的事情再老調重彈可不是好事啊。」

會場再次爆發對我的指責。

聖帝平息眾怒，要我說明意圖為何。

「剛才在分配葛蘭茲巴赫帝國時，我國是如此主張的。大戰的功績歸於吉歐拉爾王國，與帕那奎亞王國無關，不能收下應得的利益。而且，各國也贊同了我國的主張。既然如此，理應比照功績的處理方式，賠償也應該由吉歐拉爾王國負責才是，與帕那奎亞王國無關。因為各國已經承認吉歐拉爾王國與帕那奎亞王國是不同國家！」

諸國代表試圖反駁而挺起身子，神色顯得相當緊張。

沒錯，艾蓮剛才那番話就是為了布這個局。放棄權利並不是單純要求得原諒，而是要有個先例證明吉歐拉爾王國與帕那奎亞王國是不同國家。

功績屬於吉歐拉爾王國，罪過卻屬於帕那奎亞王國，依當下的利益來解釋可說不過去。

剛才已經在當場將吉歐拉爾王國與帕那奎亞王國視為不同國家。無論他們說什麼，我都有辦法堅持這個主張。

「以上就是我們帕那奎亞王國的主張。吉歐拉爾王國的罪，還麻煩各位去找吉歐拉爾王國。關於這個議題，我想不需要再多費唇舌了吧？」

聖帝對我投以帶有殺氣的眼神。

他肯定很不是滋味。儘管他是司儀，但與我個人有深仇大恨，非常想要狠狠地教訓我們。

我將法蘭教從國內驅逐，再加上像是在炫耀似的把他們的教義底下視為下賤種族的獸人帶來這裡。這一切都踩到了他的地雷。

「我不承認你的主張。收回你的發言，帕那奎亞王凱亞爾。」

「有理的是我們。希望你別用命令，而是透過議論交流。我並非法蘭教的信徒。麻煩你可以別當自己是神，擺出一副高高在上的架子嗎？這裡可不是教會啊。」

真驚人啊，我不過是稍微調侃一下，他聖職者的面具就剝落了。現在他的臉上，是因為醜陋的支配欲而僵硬的骯髒真面目。

如果肚量這麼狹小的男人也能站在領導者的位子，我乾脆也來創個宗教好了。宗教對於讓國家穩定是相當方便的機構。

「看來你是做好覺悟了吧？若是再繼續胡言亂語，等著你的可是各國的制裁啊。」

「請隨意。我們的主張是正確的，如果你硬要強詞奪理，那就是侵略行為。我們已經做好了迎擊的準備。」

「哈，你打算與世界為敵嗎？要制裁你的可不是一兩個國家，而是三個國家，不，還會更多。你真以為能贏嗎？」

「會贏的。帕那奎亞王國會贏。若是與整個世界為敵，數量的差距確實很令人頭疼。但我依然會贏得這場戰爭。以我的實力，可以率領少數精銳直接殺入首都，將該國的支配者趕盡殺絕。這樣一來戰爭就結束了。事到如今，這個世界根本沒人能阻止我……我絲毫沒有主動攻打他國的意思。可是，我絕不允許有人掠奪我。如果要侵略我國，就做好死亡的覺悟再來挑戰吧。」

這是純粹的事實。

即使多少有戰力差距，但只要由擁有壓倒性戰力的我殺死支配者，一切就結束了。

「你這是打算威脅我們嗎？哈哈，你辦不到那種事的，沒錯，你不可能辦到！」

「威脅的人是你們吧？我再回答一個問題吧。這是有可能的。我就是這樣殺了布列特。你們該不會誤會了吧？正因為我比差點毀滅世界的布列特更強，所以我才能殺了他。我可是比那傢伙更厲害的怪物啊。」

聖帝的表情僵住了。

他恐怕是這麼想的吧。

自己現在說不定正與眼前的怪物為敵。

「我說過了吧，你與世界宣戰，可是會受到報應的！」

他認為既然都與我為敵了，不如把自己以外的國家當作擋箭牌，想讓我的注意力轉向他們。

所以我為了不讓那群蠢蛋被唆使，決定警告他們。

「這也是誤會。宣戰的是你們，我不過是說一旦挨打就會打回去罷了。況且……帕那奎亞王國並不孤獨。」

我彈了響指。

下一刻，五個國家的代表便站起身。

「我們將與帕那奎亞王國締結同盟。帕那奎亞王國才是有理的一方，假如要繼續蠻不講理地指責帕那奎亞王國，我們也不會坐視不管。」

「你們是瘋了嗎！」

代表五個國家發言的男人，是水之都的支配者卡士塔王子。

這些人來自艾蓮事先打好關係的國家。

他們之所以會挺身而出，是因為我才是有理的那方。否則他們不會當場採取行動。

這樣一來，構圖就不再是世界VS帕那奎亞王國。

現在眾人還處於混亂當中，這是好機會。

我要拿出最強的殺手鐧。

叩、叩……頓時響起充滿存在感的腳步聲。

明明聲音極其微弱，卻沒有任何人可以無視這個聲音。

隨後現身的是一名少女。

她有著黑翼銀髮，美麗得過分，會令人有種迷失到幻想世界的錯覺。

「我們也要加入同盟。我是魔王，率領所有魔族之人。我們將會與帕那奎亞王國攜手向前邁進。」

我的戀人夏娃。

她正是我的撒手鐧。

聖帝的表情完全僵住了。

由於我與魔王聯手，勢力平衡便完全逆轉了。

畢竟魔族與整個人類世界為敵，持續戰鬥了好幾百年。

換句話說，他們與所有人類的戰力是相同級別，那正是魔族領域，正是魔王軍。

如今這股戰力與世上最強的我聯手，已經凌駕於所有世界會議參與國之上。

但這樣就驚訝可就傷腦筋了。

因為接下來還會更有意思。

夏娃闖進了世界會議。
而且是在最棒的時機。
沒有任何人預想到這個畫面。
當然，如果是在諜報戰方面有一定程度水準的國家，當然也會知道我的同伴中有個擁有黑色羽翼的魔族。
然而，不會有人猜得到她就是魔王，而且還在這個時間點來到這裡。
……能夠預料到這點的，在這個世上恐怕只有兩人。那就是艾蓮與布列特。
在帶有恐懼、厭惡、好奇的視線注目之中，夏娃緩緩開口。
「呃，人類將我們的領土，稱為魔族領域對吧。」
魔族領域終究只是人類取的名稱。
實際上，魔族自己也為許多國家和城鎮取了名字，而且也有個將其總括起來的稱呼。
「我再說一次。我以魔王夏娃・莉絲之名，認同帕那奎亞王國與魔族領域締結同盟。今後會將帕那奎亞王國的敵人，視為魔族領域的敵人；相反的，魔族領域的敵人也是帕那奎亞王國的敵人。」

夏娃如此宣言，便走到我的旁邊坐下。

然後，她露出促狹的表情看著我的臉。

入座是代表她要參加這場會議。

擔任司儀的聖帝因為憤怒導致嘴唇不斷震顫。不對，不只是憤怒，還夾雜著不安與恐懼。

「胡說八道！魔王……根本不可能來到這裡！」

「你這話很奇怪耶，我就是魔王啊……看，這樣你懂了吧？」

夏娃放出了自己的力量。

魔王候補在成為魔王時會繼承那股力量與睿智。

她直到不久之前都因為這股力量難以駕馭而沒有使用，現在總算是適應了。

解放的魔力擁有駭人的力量，更重要的是其本質過於不祥。

她明明只是展露實力的片鱗半爪，可以感覺到一定程度魔力的人卻被這股力量震懾，全身僵住。

這麼做比我的話語更有說服力。

除了魔王，不可能存在著這樣的怪物。

就連聖帝也不是因為理論，而是以靈魂理解到夏娃就是魔王，再不然就是與其匹敵的存在。

他下意識地差點屈膝跪地，隨即以顫抖的手猛拍自己的大腿，抿緊嘴唇，面露憤怒的表情鼓舞自己，才總算站穩腳步。

「為什麼……為什麼！妳這汙穢的東西，居然能踏入我國神聖的國土，還出現在這！這個人類的敵人！」

「唔——說得沒錯。我們確實是人類的敵人也說不定，畢竟我們正在戰爭。但以我們的立場來看，先找碴的可是你們那邊喔。」

「這塊清淨的大地是吾神賜予我們的。我們必須消滅汙穢的生命。這是聖戰！」

這個世上除了聲稱與魔族戰鬥需要各國的支援，以此為名義掠奪各種資源的吉歐拉爾王國之外，還有其他團體也積極地參與對抗魔族的戰爭。

法蘭教也同樣推了戰爭一把，他們基於教義打算驅逐所有魔族，藉此得到魔族領域。

……嗯，所以吉歐拉爾王國與法蘭教才會那麼友好。

「哇，居然說這種話啊。我有點不高興呢。我們也是活著的啊。不過算了，像你這種人怎麼樣都好。我要和凱亞爾葛……啊，現在是凱亞爾對吧。總之我要和凱亞爾他們站在一起。我不打算和不承認我們的人打好關係，所以只要和能夠打好關係的人和睦相處就行了。不過，如果要找碴的話就儘管來吧。因為我才不想被那種根本不存在的神祇毀滅呢。」

夏娃並非是基於某種意圖才說這種話，但她偶爾能夠確實地撬開別人心中的痛處。

最後那句根本不存在的神祇，正巧踩中了聖帝的地雷。

「我在此斷定，帕那奎亞王國是人類的敵人！讓我們動員世上所有的力量，把這個將靈魂賣給魔族的邪惡國家，連同魔族一併淨化吧！」

聖帝那傢伙看來是氣炸了，說出了非常不得了的話。

他真的理解這句話代表什麼意思嗎？

我制止想要開口的夏娃，起身面對聖帝。

雖說預定稍微亂掉了，但這個發展還在預料範圍之內。艾蓮已經準備好接下來的劇本了。

「斷定我們是世界的敵人？你是笨蛋嗎？這裡是世界會議。是聚集了世界各國的代表，透過會議商量事情的地方吧。雖說是司儀，但你沒有獨斷決定這件事的權限。我已經說第二次了。你也稍微學習一下吧。」

「閉嘴，魔族是人類的敵人！」

「就是當初擅自決定魔族是人類的敵人，才會導致幾百年來不斷流著無謂的鮮血。難道你還打算繼續這種荒唐的事情嗎？我可敬謝不敏。如你所見，魔王也是能溝通的。我們帕那奎亞王國也與他們締結了同盟。你為什麼還打算持續這種有辦法結束的戰鬥？」

「這是神的意志！我們非得淨化受到汙穢的生命不可！」

「那與世界無關，是你個人的想法吧。我不知道法蘭教的教義，也沒有興趣。帕那奎亞王國在此宣言，化為法蘭教所有物的這場世界會議已經沒有意義。帕那奎亞王國與其同盟國將退出這場會議，設立一個真正具有意義的世界會議。當然，屆時魔族領域也會參加。這都是為了結束持續數百年的無謂爭鬥，讓彼此握手言和，向前邁進。」

聽到我這番話，剛才宣言與帕那奎亞王國締結同盟的國家紛紛拍手。

「你打算與世界為敵嗎？」

「這可是第三次了。法蘭教不等於世界。史重要的是，你覺得贏得了我們嗎？」

「哼哼，只要有凱亞爾和我在就是無敵的。就算與在場的所有人為敵也沒問題喔。」

整個世界會議的與會人士頓時動搖不已。

畢竟眼前的男人更勝那個差點毀滅世界的布列特，而這個怪物現在與魔王聯手了。

而且他還明確地表示，根本不害怕與他們以外的人為敵，如果敢攻打的話就反過來消滅對方。

再加上表明同盟的五國都是大國，不論在軍事能力還是經濟能力都有著相當的水準。

一旦同盟國與其他國家開戰，結果任誰都是一目了然。

直言不諱地講出這種現實的問題好嗎？

「你們繼續搭著那艘賊船好嗎？基本上，光是魔族就與所有人類勢均力敵地戰鬥了一百年。所謂的魔族，所謂的魔王軍就是如此驚人的存在。這樣的部隊再加上我這個人類最強戰力，即使這樣你們依然想找碴嗎？看樣子你們很想讓自己的國家被毀滅啊。話雖如此，我也討厭麻煩，就像與他們結盟一樣，我也想和各位打好關係。」

贊同帕那奎亞王國的五國大使率先露出別有深意的笑容。

不僅是整個局面，就連勢力平衡也一口氣改變了。

根本沒人可以阻止這個走向。

……這樣一來，懂得明哲保身的人會怎麼做呢？

「我……我國也要加入帕那奎亞王國的同盟。」

「我國也是。」

在混亂之中，兩國率先表態要參加同盟。

其實事前商量好的並非五個國家，而是七個，他們也是在召開這場會議之前就決定加入同盟了。

故意選在這個時間點出聲有著明確的理由。

「林格蘭德也加入！」

「那麼，塔爾尼亞也是。」

「塞連尼也是！」

他們兩國延後表態參加同盟的理由，就是為了要當暗樁。這樣一來就可以營造出自願退出世界會議，輕易倒戈到我們這邊的氛圍。

每個國家都想避免自己第一個倒戈。

然而，只要不是第一個而是跟在別人後面，心理上的抗拒就會消失。

不過，本來就是我們比較強。那麼他們會一窩蜂地投靠我們這邊也是天經地義。

於是，當參加國愈來愈多，局勢便加速得愈來愈快。

回過神來，除了與法蘭教關係很深的國家以外，幾乎都倒戈到這邊了。

眼見這樣的局面，聖帝一臉鐵青，喃喃說著「不可能」。

「真傷腦筋……同盟增加是很令人開心，但這樣一來就沒有退出的意義了。畢竟現在我們才是最大的勢力。」

我聳了聳肩，擺出傷腦筋的樣子。

沒錯，如今已不僅是戰力，要論國家的數量，帕那奎亞同盟國也比世界會議參加國還多。

那麼，也該進入最終階段了。

「帕那奎亞王國有個提案。我希望在此時此刻，作為世界會議代表的聖帝殿下能夠退場。畢竟他從剛才開始，就說出了許多將世界會議私有化的言論。他實在不適合待在這……另外，接下來就由我帕那奎亞王凱亞爾負責主持會議。」

「怎……怎麼可能允許你這麼做！」

「你也該適可而止了吧？難道你沒學習能力嗎？我最後再說一次，這裡不是你的教會，而是世界會議。這裡是進行議論的場所，票數比神諭更為優先……那麼，贊成的請舉手。」

許多手快速舉起。

我在投票前就已經預見了這個結果。

「贊成為多數，通過。那麼，今後的世界會議，就由帕那奎亞王凱亞爾來主持吧。我想想，最初的議題呢……就是關於如何終結人類與魔族的戰爭。我想各國都很難當場做出結論。但我希望各位能先聽一些資訊，然後帶回自己的國家。等三個月後的會議再做決定吧。」

除了需要緊急舉辦的狀況之外，世界會議是每三個月舉辦一次。

到時我們所描繪的未來應該已經成形，人類與魔族之間的戰鬥會在真正的意義上告終。

……不過，也會隨著這件事爆發出各式各樣的問題就是了。

畢竟有許多人不想結束與魔族之間的戰爭。

戰爭會創造出各種需求，舉凡軍隊、傭兵、武器、防具、藥、醫療、旅社、糧食等等。

事實上，有些人和國家也是因戰爭而受惠。

但那種事情根本無關緊要。

我是為了和夏娃痛快地相愛，才要結束這種無聊的戰爭。

我感覺到視線集中在我身上，同時緩緩地走向聖帝所在的中央位置，拍了拍聖帝的肩膀。

「你已經成為普通的參加國了，一直待在這裡是不行的吧？」

聖帝以因為憤怒而充血的眼神看著我。

但是，他已經沒有任何力量。

他也只能惡狠狠地瞪著我，隨後便無力地離開原本的位置。

話說回來，他剛才不僅瘋狂對我露出敵意，還一直惹怒我。

而且不只是我，還害得剎那與紅蓮留下了討厭的回憶。

我得向他道謝才行，找個機會就把他連同法蘭教狠狠地修理一頓。

成為司儀的我淡淡地宣讀準備好的腳本。

在宣讀的同時，我望向艾蓮……她真的是個怪物。

因為她寫出了不須支付賠償金，還順便將世界會議納入手中的劇本。幸好她是自己人。

這是專屬於她的強悍。

我得到了世界。這樣一來，今後就可以更加為所欲為。

我在戰鬥結束前說過，想要邊種著蘋果邊悠哉過活。儘管現在離這個目的愈來愈遠，但這樣其實也很有意思。

第十話 回復術士歸還

世界會議結束了。

儘管會議的過程有幾個在預料之中，但在那當中也有個成果最為豐碩的。

「那傢伙真夠笨的。」

聖帝要是稍微再理性點，再聰明一些，就不會落得這番田地，也不會失去權力了。

自我成為司儀之後，會議便進行得一帆風順。

我當時也提出了魔族與人類締結和平的方案，就現場的反應來看……應該會順利實現。

會議結束後，我們迅速地離開了那個國家。

那種令人不快的國家，我根本不打算久留。

我順著馬車的搖晃，聽艾蓮說明關於今後的方案。

「以上。聖帝恐怕會為了恢復他的名譽及奪回權力，動員以法蘭教為國教的每個國家。要事前摘除幼苗是不可能的。因為推動宗教的並不是道理，而是感情。」

「這樣的話也無所謂。反正我們有正當理由。要是有人謀反，只要徹底擊潰就行了……而且我突然想到，宗教其實很方便啊。我們也創個宗教如何？我們這邊正好有個真正的神祇。」

紅蓮躺在我的大腿上，以自己的尾巴為枕頭睡覺，通稱狐睡。我撫摸著這樣的她說道。

儘管看起來這樣，但這傢伙可是貨真價實的神獸。

「聽起來不錯的說。愚民們都該敬畏紅蓮的說！然後把許多肉獻給紅蓮的說。每天吃美味的肉……流口水。交給紅蓮的說。神獸的奇蹟可不是蓋的說。」

小狐狸聞到肉的味道後起床了。

她的腦海浮現堆積如山的肉，不禁拚命搖著尾巴。

「神獸的奇蹟？妳打算做什麼？妳以前展現過的力量當中除了【淨化】之外，我不記得有有哪種力量類似神獸之力啊。雖然那種力量很驚人，但不是會讓人民尊崇的那類能力。」

「【淨化】不只是能燒掉臭臭的東西的說，還有像是壞運、疾病、冤魂之類的，統統都能燒掉的說！只要讓紅蓮燒一下，肩膀就不會痠痛，身體就會變輕，運氣就會變好的說。」

雖然很普通，但聽起來不錯。

「既然妳有那種力量，那應該可以對我們用吧？」

「紅蓮早就對主人你們用了說！」

真意外。

我行我素的紅蓮居然會為別人著想。

「才……才不是為了主人你們的說！是為了肉的說，要是你們沒辦法照顧紅蓮就傷腦筋了，所以才希望你們很有精神的說！」

看起來像是傲嬌，但她是發自內心這麼想的吧。

艾蓮她們聞言，不禁面面相覷。

「聽妳這麼一說，我好像有那種感覺。因為我基本上運氣很差，但最近卻不這麼覺得。平常我就會預設好幾種未來的可能性，但這陣子好像都是選到比較像樣的狀況。」

「這麼一說，剎那也感覺肩膀好像變輕了。」

「我倒是沒什麼實際感覺呢。」

「那是因為芙列雅不會在意小事。我一直都覺得自己的身體狀況不錯。」

我自己也有頭緒。

最近感覺運氣不錯的事情確實很多。

「既然妳有那種力量，法蘭教根本不是我們的對手。因為與對方的冒牌貨不同，這可是真正的奇蹟。不過如果是更好懂、更浮誇的那種比較好就是。」

「說得也是。只要好好寫個劇本做足準備，方法要多少有多少。話說，其實只要有凱亞爾哥哥的超神【恢復】，基本上就足夠應付了。」

「用主人與紅蓮的力量，來個奇蹟特賣會的說！」

我想像了一下，不禁笑了出來。

感覺我們創立的宗教會在轉眼間就推廣出去。

英雄與神獸的向心力，將會凌駕虛構的神祇。

如同我剛才說過的，宗教非常便於掌握民心、加以操控，可以在信徒面前演出驚奇的世界。

……根據做法，不只是自國民眾，甚至可以將他國的人民也變成聽話的傀儡。

「艾蓮，可以交給妳嗎？」

「好的，不論劇本還是事前準備，請全部交給我。我會把新創的教義裡面塞滿對我們有利的思想。」

因為是艾蓮做的，想必內容應該不會那麼露骨吧。

表面上講得冠冕堂皇，實際上卻巧妙地混進了危險的概念。這是艾蓮擅長的領域。

「這樣一來，我們的國家將會更加穩固。」

「我正覺得如果只是英雄的國家，給人的形象稍嫌薄弱。因為人沒過多久就會忘記他人的恩情。儘管自己所遭受的對待或是恨意之類，那種為了守護生命所必須的記憶很難忘記，但就算記得別人的恩情也派不太上用場，總是會很輕易就忘掉呢。」

艾蓮講的話依然這麼辛辣。

但她說的並沒有錯。

人類的本能部分就是這樣。

正因為如此，我才會想要珍惜不會忘記報恩的人。因為那種人並不是靠著本能，而是以心靈在生活的。

「咕呵呵，紅蓮也會努力幫忙，所以要好好回饋紅蓮的說。紅蓮要每天都拿到許多肉，衝進肉浴池的說！」

「……感覺會臭掉，還是別這麼做吧。」

雖然有人會用比喻來形容臭小孩，但感覺那已經不是比喻了。

「先不提這個，夏娃來我們這邊好嗎？」

這輛馬車上面增加一名來的時候不存在的成員。

沒錯，就是一舉成為話題人物的魔王，夏娃．莉絲。

她是我的戀人。

她與一起從魔族領域來的一行人告別後，就與我們會合了。

「待個兩天左右不要緊的啦。我原本就預定和人類交涉會花上這樣的時間……況且，星兔族的加洛爾與拉碧絲也願意幫忙留守。那兩個人比我還要能幹喔。」

「雖說他們很能幹，但太過依賴也不好。」

「這種時候沒關係吧。畢竟我平常很努力。」

從前星兔族的族長加洛爾因為女兒拉碧絲遭到疾病侵蝕，為了得到抑止發作的藥，便與舊魔王私下勾結，背叛了我們。

但我救了拉碧絲，知道她的病是舊魔王陣營設計的之後，加洛爾反過來利用了他身為舊魔王內奸的立場，為我們的勝利做出貢獻。

而他在一切結束之後，為了償還背叛的罪而遭到處刑。

……表面上是這樣。

但真相並非如此。我用【改良】創出了加洛爾的影武者，在處刑時與他調包了。

理由有好幾個。第一，我對遭到舊魔王擺布，因而燃起復仇之火的他產生了共鳴。第二，拉碧絲是我可愛的情人。我想讓那女孩高興。第三，他是極為優秀的男人，有派得上用場的地方。

在魔族領域實質上為政的，是那群過去曾遭到迫害的種族族長。因此不諳政治的夏娃淪為了花瓶，有遭到別人擺布的危險性。

各種族的族長並非壞人，但他們都以自己的種族為優先考量。

夏娃所屬的黑翼族人數不多，能夠為政的人也沒有倖存。

因此需要一個不屬於擁有權力的種族、又優秀的人才輔佐夏娃。

加洛爾透過我的【改良】換了長相，得到了新的名字，目前正充分地發揮著他那優秀的能力。

況且他很貼心，甚至還主動擔任夏娃的教師。

拉碧絲現在是夏娃的隨從，從心靈層面支持著她，這點也起了很大的作用。

正因為有那對父女的力量，夏娃現在才會不只是淪為形式，而是以魔王該有的姿態統治著魔族。

「拉碧絲其實也非常想來的。畢竟她也是愛上凱亞爾葛的一人嘛。」

「我也想見她呢……不對，她為什麼沒來？那孩子不是單純的隨從，應該還兼任妳的護衛吧？」

星兔族的腳力、瞬間爆發力以及敏銳的聽覺，在戰鬥時極為強力。

而且恢復健康後，拉碧絲便開始發揮天賦。在魔族領域當中恐怕是擠得上前十的高手。

「因為拉碧絲也在當我的影武者嘛。變裝後的拉碧絲只要在人前笑咪咪的，身旁的加洛爾也表現得很沉穩的話，其實就不會被發現了呢。」

「……妳們的身材確實很像。」

兩人身上的特徵是兔耳與黑色羽翼，感覺只要藏起來或是用裝飾喬裝就可以矇混過去。

「呵呵，我現在也變得很能幹了喲。」

確實，夏娃方便行動是件好事，但反過來說，她有注意到加洛爾與拉碧絲隨時都能奪走王位嗎？

算了，帕那奎亞王國也不能講別人。

基本上，現在的夏娃擁有壓倒性的實力。雖然不能動手殺人，但她手上握有魔王的權限，能讓魔族絕對遵守命令的最強之牌。

艾蓮笑容滿面地看著我們，隨後開口說道：

「不過這樣正好。我正想和夏娃小姐好好討論該如何簽署和平條約。加洛爾先生說妳現在已經相當了解何謂政治，所以我不會手下留情的喔。」

「唔，那個，我會努力。可是我不會自己下決策喔。讓我之後帶回去和加洛爾討論吧。」

「能夠這樣回答就表示妳成長了呢。知道自己直接回應並不妥當就是一種進步……我想和加洛爾先生找個機會好好聊聊呢。感覺可以聊許多有趣的話題。」

會被艾蓮誇獎，表示加洛爾真的很能幹。

不管怎麼樣。

「夏娃，我很開心又能見到妳，歡迎妳來。對了，我們這邊的問題似乎已經快解決了，夏娃要回去時，我也跟著去魔族領域吧。久違地扮成黑騎士感覺也挺有意思的。」

「嗯，當然歡迎！」

「然後，今後要叫我凱亞爾。那就是我真正的名字。」

「知道了。可是若叫錯的話要原諒我喔！」

「妳每說錯一次，我就會對妳用色色的懲罰。」

當我這樣說的瞬間，除了夏娃以外的女人們也頓時起了反應。

……說不定有一部分的傢伙會故意搞錯，希望我對她們做色色的懲罰。

馬車繼續在路上奔馳。目前一切都正如我們的預期發展。

不論人類世界還是魔族世界，都慢慢地受到我的支配。

這個走向已經連我也無法阻止。既然這樣，就趁著這股氣勢，創造一個更好的未來吧。

第十一話 回復術士開發

回到我們的國家帕那奎亞王國後，各式各樣的事情都開始動了起來。

和去程不同，回程是由龍騎士們送我們回國，拜此所賜，比預定還要更早回來，這點起了相當大的作用。

一如往常，政治方面都是交給艾蓮負責，我要做的事情不多。

昨天與我的影武者見了一面，現在他已經完全做好了準備。

我用【改良】調整了外表，而他的行為舉止以及語氣之類，是由諜報機關與艾蓮進行指導。

真想不到會教育得如此徹底。

感覺就像是在看鏡子。

如此一來，如果對我不夠熟悉肯定會被騙。

我坐在床上，以剛清醒還在發愣的腦袋想著這件事，後面立刻有溫暖且柔軟的東西頂了過來。

「凱亞爾，我覺得你改了名字後變得有點溫柔耶。昨天也是這樣。」

從背後抱著我的夏娃如此低喃。

因為我們昨晚才相愛過，她現在全身赤裸。

「我只是不勉強自己而已。」

我的本質並沒有改變。

雖說變回了凱亞爾，但以凱亞爾葛度過的日子並不會消失，正是有了那些日子，才造就了現在的我。

只是在當凱亞爾葛時，我稍微勉強了自己，現在只是不這麼做罷了。

「不，你果然有改變。我好像比較喜歡現在的你，可以令人安心。」

「這樣啊。」

被戀人誇獎的感覺還不壞。

而且……

「昨天我抱夏娃時有注意到一件事，我改變的似乎不只是個性，那方面也比以前還要舒服。看來是現在的身體比較契合。」

「……凱亞爾好色。」

儘管這是感覺，但現在做起來比較服貼。夏娃表現得也比平常更為淫蕩。

此外，雖說只有一點點，但我也了解了夜晚方面的喜好。真要說的話，我喜歡把人按倒在地，或是以男性為主體的相愛方式。然而變回這個模樣後，我變得比較喜歡可以感受到彼此深深相愛的那種玩法。

這有好有壞，像夏娃與克蕾赫喜歡這種變化，但有著被虐個性的剎那與芙列雅就會露出一臉不夠滿足的表情。

不過，只要我有那個意思，也是能做到以前那類的玩法。而且雖說興趣改變了，每次都是同樣的玩法也會容易膩，偶爾也像以前那樣享受也不錯。

「嗳，吻我。給我像昨天那種溫柔的吻。」

「嗯，我會吻到妳滿意為止。」

可是，既然夏娃願意喜歡這樣的我，那就繼續這樣的相愛方式吧。

畢竟我們分開了一段時間，現在想要讓肌膚感受著彼此的溫暖。

◇

早上的情事結束後，我來到城堡的地下工房進行作業。

地下工房設計得很寬敞，除了我與我的女人以外禁止進入。

我在這裡盡情地做出了我想要的發明。

在結束復仇之旅後，我注意到了幾件事，其中一件就是創造物品的樂趣。

看來比起破壞，創造似乎更合乎我的個性。

會把工房建在地下也有著確切的理由。

……在我腦內有無數的英雄、賢者以及鍊金術士的知識與經驗，所以能做出相當不得了的東西。

而這些東西當中也有不能出現在檯面上的那種，所以像這種場所是必要的。

我現在正在製作的是飛機。

之前參加世界會議時搭乘馬車，所以花了十天以上移動，這種行為就像是把時間丟到下水溝。當然，在馬車裡面也可以做許多工作，但效率實在太差。

既然成為了國王，這類麻煩事情自然會隨之增加。因此為了縮短移動時間，當務之急就是完成飛機。

「人類真是麻煩呢，沒有那種東西居然就沒辦法飛上天空。」

夏娃就像是要強調引以為傲的黑色羽翼般這樣說道。

「不是啊，妳的翅膀頂多也只能飛幾分鐘吧？」

黑翼族並不能自由地在天空翱翔。

即使擁有翅膀，也只是在人的身上長出翅膀，這樣的狀態會形成大量的空氣阻力，而且與鳥類相比，體積的重量也來得大多了。

簡而言之，就物理上來說是不能飛的。

黑翼族之所以能飛，不過是因為他們使用了以羽翼為媒介的魔術。

所以飛行時相當消耗能量，以夏娃為例，她只要幾分鐘就會精疲力盡。

「哼哼，你說的是多久以前的事情了？我自習慣魔王的力量後，現在愛怎麼飛就怎麼飛。很厲害吧。」

「……喔喔，所以妳才有辦法一個人來啊。」

萬一要走陸路回去，會花上相當驚人的天數。

就算把影武者和加洛爾放在魔族領域看守，但也不能離開城堡這麼長的時間。

我原本以為龍騎士會來接她，不過這樣看來，她是打算靠自己的力量飛回去。

「嗯，沒錯。非常快喔。就算從這裡出發，我也有自信半天就飛回去。」

「那真是厲害啊。從這裡過去，就算是搭飛龍素材做的飛機也要花上兩天。」

「不然也不用等你那台飛機做好，我用公主抱的方式帶你回魔族領域吧。」

夏娃的鼻息很急促。

她嘴上說得好像很無奈，但從她的態度來看，反而是很想用公主抱帶我飛。

兩人獨處的空中旅行感覺相當快樂。

但是……

「還是別了吧，要是被夏娃用公主抱帶過去，我就沒臉見人了……況且不只是這次，我希望今後隨時都能去見夏娃。所以才需要製作飛機。畢竟也不能每次都讓夏娃來接我吧？」

「你在奇怪的地方有自己的堅持呢。」

「男人就是這樣啦。」

我一邊說著，同時開始作業。

這次的飛機，是用以前做過的那台龍素材機型為基底。

當時是在時間急迫的狀態下勉強完成，成品較為粗糙。

但經過好幾次的飛行蒐集了資料，我已經想出了幾個改良方案。

我透過這些方案完成了新的設計。

應該說是幸運嗎？我這次在設計上花了很久的時間。這都多虧搭馬車移動的時候閒得發慌，才有辦法好好設計。

只是有一個懸念。

儘管上次使用了輕巧又帶有剛度的飛龍素材，但這次用的材料限定在人族世界有辦法完成的東西。

因為我今後的目標是大量生產。

因此材料比飛龍素材更重，機體的重量也增加了三成。

「就算使用祕銀那類的超稀有金屬，也是勉強完成啊。」

當初是以量產為前提，我打算不使用昂貴的魔法金屬那類製作飛機，但由於性能實在太差，最後只好作罷。

若是用鐵製作，操縱的人是我或芙列雅的話，姑且是能將重量壓低在能讓機體飛行的程度，無奈速度實在太慢，靈敏度也很差。真要說的話，在一般魔術士無法讓機體飛行的當下，以量產品來說就是致命性的缺陷，既然都變成特別訂製的專用品了，還不如直接採用龍素材來得好。

以其他方案來說，若是捨棄防禦力，以木材之類的材料製作，可以做出更加輕巧且便宜的機型，但要是稍微提高一點速度，機體就會嘎吱作響，也無法防禦敵人的攻擊。我不想坐那種好比飛在天空的脆弱棺材，也不想讓我重要的女人們搭乘。

最後，變成了使用祕銀的超昂貴玩具。要是用製作這架飛機的錢，甚至能僱用一百名傭兵一整年。

話是這麼說，這筆錢還是很划得來，所以我還是決定製作了。畢竟只要能讓我的時間在一年裡騰出個幾十天，就有百名傭兵以上的價值。

而且，這架飛機在戰爭時也會發揮百名傭兵以上的作用。

「明明加工非常複雜，感覺做起來卻很簡單呢。」

「這都要歸功於鍊金魔術。只要把形狀確實地想像出來，就可以如實地完成形體。不論要製作曲面還是要將內部設計為中空都是輕而易舉。所以我才會像這樣在事前仔細地做好設計圖。」

鍊金魔術再怎麼方便，也不是什麼都做得出來。

那充其量不過是方便的加工技術。

正因為我將要做的東西完美落實在設計圖，所以才能有明確的想像。

而且鍊金魔術的優點之一，在於只要我有那個意思，就可以把零件之間的接縫完全消除。

這麼做比起用螺絲固定或是焊接，更能大大地提高連接部位的強度，相當方便。

「明明你忙到都沒時間見我，這是什麼時候設計的？」

「在馬車裡面。老實說與政治相關的事情，幾乎都在出發前就做好準備了，所以我才能全神貫注在設計上面。就算是我也不可能只花兩三天就設計好啦。」

馬車為數不多的優點，就是會有一段無事可做的時間。

若是進入城內，我肯定會想先完成其他優先順序較高的工作。

……在這層意義上，馬車其實也不壞。

「好啦，完成了。」

這個作業只須按設計圖用鍊金魔術變化素材的形狀，再將這些東西接上，所以不到兩個小時便大功告成。

「閃爍著銀色的光輝，比龍的飛機更漂亮呢。」

「因為幾乎所有零件都是祕銀嘛。不只外表，性能也很不錯。在輕巧性方便雖然劣於飛龍素材，但說到硬度，尤其是對魔術的抗性，反而是這架更勝一籌。」

「哦，真有趣。你覺得這台和我誰比較快？」

「如果是以前的夏娃，就是飛機更快……但現在的夏娃我就不曉得了。」

「那我們要不要來比比看？看誰先到魔族領域。」

「好啊。反正我原本就打算在飛機完成後就過去那邊……那麼，無論贏的人說什麼，輸的人都要言聽計從如何？」

這次締結和平的事情，雖說事前也在魔族領域做好了一定程度的準備，但不能否定的是他們那邊比這邊更不穩定。

所以我之前就決定要過去一趟。

我也聽擔任夏娃輔佐的加洛爾提到，與前任魔王關係匪淺的種族有可疑的舉動。

「任何事？真的可以嗎？」

「嗯，任何事都可以。」

夏娃的鼻息開始急促。

她到底打算要求什麼啊？

而且有趣的是，她完全不覺得自己會輸。

算了，這也是情有可原。

就算是以更輕的飛龍素材打造的飛機，我剛才也說得花上兩天。

相對的夏娃說只要半天就能回去。

照常理推斷，以更重的祕銀打造的飛機不可能有勝算。

……但是，夏娃忘了一件重要的事。這架飛機可是經過改良的。

「呵呵呵，絕對要守約喔。真令人期待！我不會手下留情的。」
「我也是這麼打算。五個小時後再出發吧。」
「你準備還挺花時間的呢。」
「不，我打算在離開這裡前讓妳飽餐一頓，餐點已經準備好了。而且我想再做個兩架。」
「謝謝，我很期待吃到大餐喔。可是另外兩台要用來做什麼？」
「一架是要給芙列雅她們使用，另外一架要拿去送人。」
要送的對象是水之都的卡士塔王子。
這次能讓那麼多國家站在我這邊，他的影響力起了很大作用。而他答應協助的條件之一，就是要求我出口飛機給他。
我還記得他第一次看到飛機時的反應異常興奮。
無論是飛機的戰略價值還是商業價值，想必他都有正確地理解。所以才會想要一架完成品。
把這架交給他多少會有點損失，但這也是沒辦法的事。
如果是他，毋庸置疑會徹底進行分析，開始在自國生產。這樣一來，其他國家勢必也會跟進。換句話說，到時飛機就不再是屬於我國的強項……算了，這是時間的問題。就算沒有現貨，全世界都已經知道有這樣的存在。那麼肯定也只是早晚的事情。
「哦，是這樣啊。我也可以要一台嗎？」

「要做給妳是沒關係，但魔族領域有龍騎士在，應該沒必要吧？」

「這麼說也對。」

夏娃點頭，同時她的肚子也叫了。

話說回來，也差不多中午了啊。

「總之先吃飯吧。」

「唔，嗯。」

夏娃害羞得面紅耳赤。

這種可愛的舉動很有夏娃的風格。如果是剎那就不會害羞，反而會以肚子的聲音強調自己已經餓了。

我牽著她的手，走向準備好大餐的餐廳。

「我為了夏娃準備了許多美味的料理。妳就盡量吃吧。」

「哦，真令人期待。」

……為了盡可能提高比賽的勝率，我要讓她吃一堆東西增加體重。勝負已經開始了。我也跟她一樣，想要一個無論任何事，對方都得言聽計從的權利。

第十二話 回復術士競爭

我做好了出發的準備。

新型飛機已經在中庭準備就緒。

而且，我還在中庭蓋了個跑道。

以前起飛都是用硬來的方式，透過魔術產生上升氣流，隨後再浮上天空。

然而這不僅效率很差，在著陸時該怎麼做才不會傷到機體也是個問題。

所以我才蓋了個跑道，在機體下部裝上了輪胎。

只要有這個，就可以透過在地上加速產生浮力，在著陸時也能派上用場。

這次的設計最大的前提，就在於雖然不是任何人都可以，但若是一流魔法師就能順利地操控……換句話說，就是以量產為前提的設計。

「凱亞爾大人，新的飛機好帥氣。銀色閃閃發亮。」

「紅蓮覺得之前的那台比較好，感覺比較溫暖的說。」

這次要前往魔族領域的除了夏娃之外，只有剎那與紅蓮。

芙蕾雅……不，芙列雅。她和克蕾赫及艾蓮負責留守。

接下來要與魔族領域締結和平條約，要做的工作堆積如山，艾蓮實在抽不開身。

既然絕對不能失去艾蓮，就必須把我以外的最強戰力克蕾赫留在這裡。

而且，有著領袖魅力以及向心力的芙列雅也是一樣。

芙列雅和我不同，無法幫她準備影武者。

外表及說話方式之類，可以透過我的【改良】設法處理，但除了她本人以外，不管怎麼做都無法表現出那能令人們陶醉的演說以及歌聲。

這部分並非技術與道理可以解釋，只能說是一種天賦，所以我無法重現。

因此為求國家的穩定，我要讓芙列雅待在這裡。

綜上所述，我這次要帶去的只有剎那與紅蓮。

原本想說在成立新興宗教時有必要讓紅蓮在場，但那部分要花很多時間做好事前準備，所以這次旅行還是決定讓她同行。

「呵呵呵，這樣好嗎？你以為三人乘坐的笨重機體贏得了我嗎？」

夏娃在飛機旁邊，她為了方便說話，將飛行的高度配合我的視線。

「這個嘛，總會有辦法的。妳自己也有負重吧……在那個肚子裡。」

而且，即使穿著衣服也可以感覺到她的肚子隆起。

她並不是變胖，只是單純吃太多了。

夏娃傻傻地吃了一堆我為她準備的大餐，所以才變成這樣。

「別一直盯著看啦！被戀人看到這樣的肚子，很教人難為情耶！」

「既然妳那麼想，就該稍微控制點吧。」

「因為很好吃嘛……比起魔王城，料理絕對是這邊的更好吃呢。」

「這邊……應該說是我做的料理吧。」

基本上，這裡並非舊王都那種富裕且具有文化的都市。而且既沒有重新建構流通網路，也蒐集不了高級食材，連廚師的手藝也比王都降了一兩個級別。

但是，靠著智慧與工夫，即使是隨處可見的材料，也能讓人大快朵頤。

因此，我已經把許多的菜單教給廚師們了。

「所以才會有那麼令人懷念的味道啊。」

或許是在旅行途中我也餵食了她好一陣子，連這種感想也出來了。

「總之，這件事先擺在一旁，該來比賽了。妳沒有忘記打賭吧？」

「那是我的台詞喔。我絕對會贏，讓你對我言聽計從。不過是稍微吃多了一點，根本就算不上不利條件。」

「我想也是。」

夏娃從剛才開始就輕盈地浮在空中。

對於以前的夏娃來說，光是浮在空中就會相當疲憊，是一種很特別的舉動。

但對於現在的夏娃而言，浮在空中已經是很自然的動作。

她作為生物的次元有著截然不同的變化，是以我們在走路或是跑步的那種感覺飛在空中。

「信號就交給你了。」

「這樣好嗎？這樣會對我比較有利喔。」

「損失幾秒而已沒關係啦。我會以壓倒性差距贏過你的。」

好吧。

既然她小看我，對我來說反而求之不得。

「知道了。那麼，開始的信號就是在這枚硬幣落到地面之後。要上嘍。」

我以指頭彈起硬幣。

升上高空的硬幣開始落下。

它在迴轉的同時往飛機與夏娃之間掉落，隨後應聲落地，響起了堅硬的聲響。

與此同時，我颳起風。

機體被這陣風推動，車輪順勢轉動，開始奔馳。

吹在機翼上的風逐漸產生揚力。

機體就這樣逐漸靠近牆壁。

「主人，你在做什麼的說！這樣會撞上的說。」

「放心吧，差不多要離陸了。」

「差不多是什麼時候的說？現在真的很不妙的說！紅蓮想到了好主意的說。在撞上牆壁前，先用爆炸魔術將牆壁轟飛的說。」

「要是妳敢，我就三天不給妳吃肉。」

若是破壞守護新王都的重點區域，可是會被艾蓮責罵的。

「紅蓮不要那樣的說。可是……已經……要撞上去的說——————！」

紅蓮大聲慘叫。

實際上就如她所說，牆壁已經近在眼前。

正當紅蓮的狐狸尾巴前端開始緩緩起火燃燒，機體便已浮空離開地面。

隨後在千鈞一髮之際飛越了牆壁。

接著我繼續製造風，轉為穩定飛行。

「都幾乎要撞上了，對心臟很不好的說！士人應該要飛得更從容點的說！」

「剎那也難得同意紅蓮的看法，剛才稍微擦到牆壁了。」

「真奇怪。照我的估計應該能飛得更順利才對……啊，我懂了，計算的時候只算了機體重量，沒有把乘客的重量算進去。好險好險，要是再多坐一人可是會撞上牆壁的。」

我發出笑聲矇混過去。

看樣子，我好像因為太急著完成，導致視野變狹隘了。

再多延長一些跑道吧。

「這樣只能用肉來彌補紅蓮的說！」

「……剎那不會說那種話。但如果凱亞爾大人覺得抱歉，只要能比平常更加疼愛剎那，剎那就會很高興。」

「這次的事情是我不對，我會把珍藏的肉給紅蓮，也會比平常更加疼愛剎那。」

我話剛說完，狐狸尾巴與狼尾巴同時搖晃。

看來她們已經將剛才的恐懼拋到九霄雲外了。

「哦，在比賽途中還能這樣聊天，挺游刃有餘的嘛。」

不知何時，夏娃飛到了旁邊。

從她的表情來看，與飛機並行對她而言一點也不辛苦。現階段的速度可是已經不輸一般的飛龍了啊。

「我並不是游刃有餘。不過，這就是以風飛行的極限速度。」

「哦，那我就贏定了呢。我認真起來還要更快的喔。呵呵，那我先到魔王城等你，到時會拜託你很不得了的事情。」

話一說完，她就以黑色羽翼奮力展翅。

接著，使出壓倒性的加速。

真是驚人。

她的速度與飛龍當中能夠操控風的最快龍種，蒼嵐龍並駕齊驅。

而且還留有餘力。

如果是現在的夏娃，想必能以那個速度直接抵達魔族領域吧。

……只以風飛行，無論如何都追不上那個速度。

畢竟雙方的重量實在相差太多。

同樣以魔力作為動力的人之間，會因為重量的不同而導致決定性的差異。

「主人，再這樣下去會輸的說！」

「雖然輸了也沒關係，但刹那不希望凱亞爾大人輸。」

看到紅蓮與刹那開始吵鬧，我不禁露出苦笑

「是啊。其實我也不打算輸。我剛才說的意思，充其量也只是用風飛行的話，現在的速度就是極限。因為用風飛行既單純又穩定。但如果要追求速度，自然會有更好的方法。這傢伙身上有著用來辦到這件事的構造。」

飛龍素材的飛機與這次的祕銀製飛機，兩架的外型有兩個很大的差異。

一個是準備了起飛與著陸時用的輪胎。

另外一個，則是附在機翼上的管子。這是用來加速的新構造。

我先中斷風之魔法，接著以管子裡面為起點，重新發動風與火的混合魔法。

下一刻，便產生了爆炸性的加速。

「哇，好快的說！」

「嗯，追上夏娃了。」

「這就是新飛機的推進系統。」

只是以風推進的話效率太差。

這架新型飛機，可以用風魔術將大量的空氣吸進管子裡面進行超壓縮，接著再以火焰魔術使其燃燒，噴出超高溫且高壓的氣體，藉此得到以往無法比擬的速度。

……用飛龍素材做不到這種事情。因為強度與耐熱性能不足。

必須是祕銀才有辦法承受這種超高熱。不，普通的祕銀也沒辦法。只有我為了提高抗火性而特地開發的祕銀合金才有可能辦到這點。

只要有這個結構，就不需要在意重量增加。

飛機轉眼間便追上夏娃，順勢超過她。

「我先走啦！」

「啊啊啊啊啊啊！」

我轉頭望去，看到一臉悔恨的夏娃拚命地加速，卻始終追不上我們。

「這樣一來就能贏得輕輕鬆鬆的說。」

「凱亞爾大人好厲害。」

「還好啦。但妳們倆可別掉以輕心啊。現在的速度在機體能勉強維持的範圍。要是稍微使力，事情就不可收拾了。」

「紅蓮姑且問一下的說。要是稍微使力會怎麼樣的說？」

「機體會四分五裂，直接墜落。」

「為什麼要設計得那麼勉強的說！」

這是為了盡可能減輕重量。現在的重量，就是這個國家為數不多的魔術士能讓它起飛的極限了。

畢竟這終究是以量產為前提製造的機體。若是設計成有辦法承受我的全力，重量會變得相當驚人，到時除了我與芙列雅外就沒辦法飛了。

「……算了，壞掉的話就到時再說吧。」

與飛龍素材不同，祕銀只要用鍊金魔術分解、重新構築，便隨時都能修好。

好啦，接下來得繃緊神經了。

因為我要拿下完全勝利，讓夏娃哭喪著一張臉才行。

◇

並用風與火的魔術所造成的負擔比想像中更大，我只好從中途開始降低速度。

夏娃也因此有一度追上，但她似乎也相當勉強自己，沒過多久便精疲力盡地失速了。

最後兩邊都相當狼狽，但結果是以我險勝收場。

夏娃要是沒有被激怒，始終以自己的步調飛行的話，那我就輸了。看來飛機還有必要改良。

……不過，要是真的快輸了，我就會用【掠奪(Heal)】奪走紅蓮的魔力就是。雖說這麼做的話，實在不敢想像那隻狐狸之後會怎麼占我便宜。

我們抵達魔王城後，一些熟面孔便出來迎接我們。

我們打過招呼、閒話家常聊開之後，此時夏娃總算是調整呼吸，向我搭話。

她全身是汗，因為吃過頭而隆起來的肚子也縮回去了。

「呼……呼……什麼到魔王城要花兩天啊？你這個騙子！」

「我說過這是新型了吧？我也沒想到會這麼順利。」

「嗚嗚嗚，我沒辦法釋懷啦。總之先進城裡面吧。凱亞爾用過的房間現在依然維持原樣。還有，有很多人都說想見凱亞爾喔。」

夏娃臉上掛著假笑，打算拉著我走進城內。

……她明顯是想對剛才的賭注裝死不認帳啊。

但我可沒有天真到允許她這麼做。

我在夏娃耳邊告訴她我在這次賭注想要她做什麼後，她便面紅耳赤、淚眼汪汪地轉向這邊。

「凱亞爾你好色！變態！」

「我不否認。可是，這感覺很有意思吧。」

「我才不是會以為那種事情很有趣的變態！」

我拜託她的事情，如果不是在魔王城，對方不是魔王的話就無法享受。

平常的話，她絕對不會允許這種事情，但這是勝者的權利，我可不允許她拒絕。

如我所料，淚眼汪汪的夏娃實在是非常可愛。

「你好壞。」

「哈哈哈，別說那麼多了，趕快來做吧。」

我的字典裡沒有客氣這兩個字。

因為在這種事情上面顧忌太多反而失禮。

第十三話 回復術士與愛人享樂

我贏了與夏娃的比賽。
所以要照事前講好的，贏的人有權利要求敗者對任何事都言聽計從。
我早就決定好要拜託她什麼，也如實告訴了夏娃。
我已經先讓剎那與紅蓮先去我們要逗留在這裡的期間用的房間。
而至於我呢……
「……真的要在這裡做啊。」
夏娃的臉泛起紅暈，淚眼汪汪地瞪視著我。
而且，她身上的打扮還是魔王的正裝。
因為穿成這樣才會有那個心情，我特地要求她穿上的。
「既然妳賭輸就別抱怨了。我們是這樣約定的吧？」
我要求夏娃的事情，是在王座相愛。
其實以前我就打算這麼做。
當時在前戲就結束了，因為到了緊要關頭，夏娃感到很不願意。

好像是因為在神聖的魔王王座做這種事太不尊重，她怕會遭天譴。

在那之後，我就一直暗中尋找在這裡相愛的機會。

「……是這樣沒錯，是這樣沒錯啦。可是萬一有人進來該怎麼辦啦？」

「放心吧。我有拜託拉碧絲好好站在門口把風。」

星兔族的拉碧絲。她是我的愛人，也是夏娃的專屬傭人。

即使有人來也會由她幫忙擋下，若是有要緊的事，就會若無其事地打暗號給我。

「你也準備得太周到了吧！」

「因為我一直想這麼做啊。」

「唔唔唔，總覺得好有罪惡感喔。」

「這樣才好。而且這不是罪惡感，是背德感。」

我讓夏娃坐在王座。

魔王服果然很讚。與可愛的夏娃之間的反差形成不錯的對比，漂亮地與夏娃內心堅強的一面形成協調。

「等等，別突然把手伸進衣服裡面啦。」

「嘴上那麼說，但夏娃也……對吧？」

夏娃的臉變得更紅了。

看來她也很期待。

夏娃難得換上了魔王服，要是脫掉就太掃興了。所以相愛時不能全部脫掉、同時也要看得見她的重要部位，感覺得費一番工夫啊。

但我要設法嘗試看看。

如果是為了享樂，無論多麼累我都不會說苦。

◇

魔王陛下玩法令我相當開心。

最後我幫不省人事的夏娃整理好衣服，便以公主抱帶她離開了房間。

若是要說唯一可惜的地方，就是夏娃在最後這樣說了一句：「被看見了，被魔王陛下看見了啦。」

這句話害我感覺像是被歷代的魔王陛下看著我們相愛似的，此時這種玩法感受到的就不是背德感，反而教人覺得很搞笑。

所以我不禁失聲狂笑，導致彼此的興致都有點下降。

真是難為。

但以整體的過程來說，我享受得相當開心。

拉碧絲站在我身旁。

「夏娃大人躺在凱亞爾葛大人懷裡，露出一臉安心的表情。我真羨慕能像這樣依偎著您的夏娃大人。」

我有點在意她叫我凱亞爾葛，頓時停下腳步。

「……話說回來，我還沒向妳提過。我的外表改變了對吧？」

「是的，您的模樣看起來比以前更加可愛。」

「這是我的覺悟。不僅外表，我連名字也改了。今後我的身分不是凱亞爾葛，而是凱亞爾，在魔王領地也是一樣。所以我希望妳叫我凱亞爾。」

「遵命。那麼，我就稱呼您凱亞爾大人吧。即使外表改變，您依舊是您。不論以前還是往後，我的主人都只有您一個人。」

拉碧絲臉上掛著嫣然的笑容，順勢靠在我身上。

對她而言，我是治好她疾病的救世主，也是拯救了父親與同胞的恩人，是初戀的對象，更是她第一次的男人。

因此她很依賴我。

「這些話不是魔王專屬傭人該說的吧。」

「可是，這是我的真心話。夏娃大人是我重要的朋友，我想要守護她。但更重要的，我是為了凱亞爾大人才會待在這裡。我不想對這樣的心情說謊。」

可愛的傢伙。

要是相遇的時機不同，她或許就不是我的情婦，而是我的女人。

「若是這樣是沒關係。但妳可千萬別在我以外的人面前說啊。」

魔王專屬傭人居然會以魔王之外的人優先，很有可能被視為謀反。

「當然。我看起來這樣，但相當精明，不會犯下那種錯誤的。另外，那個人說明天有事想告訴凱亞爾大人。」

拉碧絲口中的那個人，指的是她的父親加洛爾。

加洛爾原本要遭到處刑，是我出手救了他，再用【改良】改變模樣，讓他借用了戰死的鬼族名字與立場，目前在擔任夏娃的輔佐。

要是沒有加洛爾，在政治方面只是外行人的夏娃肯定沒辦法治理魔族領域。

而這樣的加洛爾雖然也有鬼族的名字，但拉碧絲不以那個名字稱呼，而是叫他那個人。

這想必是身為女兒的她，能對父親所做的最大的顧慮。

「這樣啊……既然那傢伙會這樣說，表示發生了相當嚴重的問題啊。」

加洛爾極為優秀。

他不僅大部分的事情都能自己應付，一直以來也都是這麼處理。既然他不惜奪走我的時間也有事想告訴我，想必是相當棘手的問題。

「那麼，我先告辭了。」

拉碧絲打算就此離開。

她姣好的屁股、豐滿的大腿以及圓潤的兔尾巴，頓時映入我的眼簾。

拉碧絲的大腿堪稱一絕。令人垂涎三尺。只論大腿的話可說是世界第一。

而且她身上飄散著興奮的女人特有的味道。

這個味道……看來她剛才拿我與夏娃當作配料，一個人自慰了啊。

「就這樣回去好嗎？妳想被我抱對吧？」

拉碧絲頓時豎起了純白的兔耳。

接著她轉過身子，以非常驚人的氣勢衝向我身邊，不斷閃爍著那紅色的眼眸。

「請務必、拜託您了……兔子太寂寞的話，會死掉的。」

「嗯，我會疼愛妳的。」

反正我的那話兒也還很有精神。

儘管因為夏娃不省人事而結束戰局，但我還完全不夠滿足。

如果不是夏娃，我就算要打醒對方也會繼續做下去，但我想要珍惜她。

「……凱亞爾大人，您好厲害。明明剛才都那麼激烈地相愛了，居然，還這麼地……」

她紅色的眼眸凝視著我的一點。

「有一部分也得怪拉碧絲這麼色情。好啦，我們把夏娃送回房間吧。」

「在那之後，就帶您到我的房間。」

「不，乾脆就在夏娃的房間做吧。反正她一旦入睡就叫不起來。」

「聽起來……非常令人興奮呢。」

她也是興致勃勃。

在睡著的戀人面前，與她的傭人相愛。

可以感受到與剛才不同的背德感。

偶爾來個這種特殊玩法，也是不錯的調劑方式。

◇

隔天，我穿著魔王直屬騎士的正裝在魔王城走著。這個造型通稱黑騎士。

從前我曾以魔王直屬騎士的身分進行了一波大肅清，因此眾人都以畏懼的眼神看著我。

（……就算身材改變，周圍的態度也是一如往常。難道他們是以鎧甲辨別的嗎？）

我特地打扮成這樣是為了威嚇，以及警告眾人。

然後，我以這身打扮走進會議室。

在那裡的除了夏娃之外，只有加洛爾與拉碧絲。

刻意只有我們四人進行討論，代表這次的案件就是如此充滿火藥味。

「久違了，加洛爾。還是該用別的名字稱呼你比較好？」

「不，如今會用那個名字稱呼我的，只有凱亞爾大人。機會難得，而且這裡又沒有外人，

還麻煩您用那個名字稱呼我。」

加洛爾開頭第一句就稱呼我為凱亞爾。想必是從拉碧絲那邊聽來的吧。

那個拉碧絲正對我眨著眼。她明明幾乎沒睡，肌膚卻富有光澤且充滿生氣。

……不愧是星兔族，據我所知，他們是最貪圖性愛的種族。儘管我在那之前有先與夏娃相愛，但我居然在一對一的狀況下會比女人還先累倒，表示她相當了得。

「那麼，我在這裡就叫你加洛爾吧。彼此的名字都有好幾個，真是辛苦啊。」

「嗯，是啊。」

因為有著同樣的辛苦，才能與對方產生共鳴。

「所以，你想要告訴我什麼事情？」

「是。關於這點，為了與人類締結和平條約，各項事前準備已經在陸續進行。像是修訂法律、宣傳法案等等。雖說大致上都是一帆風順，但狀況突然有變。因為在各地開始發起了反對運動。」

「……不是原本隱藏在幕後的傢伙開始浮上檯面，而是人民突然引起暴動嗎？」

「正是。背後有人在煽動。鎮壓人民雖然簡單，但這麼做勢必會激起更大的反感。」

並非個人，而是以市民為名義的集團很難搞。

如果要透過武力制伏，對手就必須是單一個人才行。要是對一群人這麼做，即使刮掉他們的肉，立刻又會有代替的聚集過來，而且多半會造成反效果。

「我們要做的事情只有一個，就是擊潰幕後的煽動者……不，與其擊潰，不如讓他站在我們這邊。如果用我的【改良】就有辦法做到這件事。畢竟對方若是以組織活動，多半都會準備好另一個人代替被殺的老大，好繼續領導組織。」

「我原本就打算拜託您這件事。如果只是要收拾對方或是威脅利誘，我們也有辦法處理，但要將其洗腦變成我們的棋子，勢必需要凱亞爾大人的力量。」

拿下敵人的首腦。這就是最好的方法。

當然，他們也有可能打算切割掉壞掉的首腦。但就算這麼做，應該也能帶給他們不小的傷害。

「那麼，想必你已經掌握了疑似主謀的那幫傢伙了吧。」

「當然。因為凱亞爾大人留下的人偶辦事相當有效率。名單在此。只要您給我兩天時間，我就可以調整行程，進而與他們接觸。」

「那就拜託你了。」

我點頭同意。

那麼，就盡快採取行動吧。

我要將破壞和平的害蟲一個一個揪出來治療，做出對世界有益的善行。

做好事就是令人痛快。

我就稍微去旅行一趟，改革這個社會吧。

第十四話 回復術士原諒

開完作戰會議後，我便回到了自己房間。

我仔細地讀過加洛爾準備的資料，牢記具體的作戰行動。

如果是我，無論什麼樣的叛亂活動都能鎮壓，但既然人數這麼多，就必須確實地排好優先順序。

「嘖，叛徒不只是在外面，就連裡面也有啊……夏娃又要哭了。」

率領人民引起叛亂的，幾乎都是舊魔王軍的成員。他們打算趁這個機會奪回自己的權力。

關於這點是不會令我那麼詫異。促進和平必然會有魔族反對，那幫傢伙不可能放過這麼淺顯易懂的好機會。

問題在於，協助他們的人，就待在這座城內。

否則，他們是不可能如此準確地摸透我們的內情，在各地成功發動叛亂。不僅如此，從資料上也可看出這些內奸甚至提供給他們物資與資金。

……真令人悲傷。

從前十大種族因為遭到魔王迫害，為了獲得自由而互相合作。

當時的他們確實是彼此的戰友，而且還團結一心地與敵人奮戰。

可是，現在卻如此分崩離析。

「明明我已經確實打掃過一次了啊。」

從前十大種族之一的雪豹族犯下了最為嚴重的過錯，我為了把以他為首的幾個人拿來殺雞儆猴，動用殘酷的方法處刑，而且還流放了他們所有種族。

這個效果明明讓其他種族都變安分了，如今居然又來一次。

這次要處罰叛徒並沒那麼難。畢竟現在揪出了叛徒是誰。

但是，我不禁會這麼想。

即使這次肅清了叛徒，下次是不是依然會出現呢？

這樣根本沒完沒了。而且，總有一天會殺光所有的人。

夏娃在感情面上感受到與我相同的不安，加洛爾的腦袋聰穎，已經預測到這種狀況。

必須想個辦法才行。

「稍微休息一下吧……嗯？有客人嗎？」

我聽見了敲門的聲音。

如果是我的女人們，可以從敲門的聲音就知道是誰，但我沒聽過這個聲音。

算了，沒關係。

不管是誰，都殺不了我的。

「進來。」

我看到那人走入房間後嚇了一跳，他是鐵豬族的新族長。

從前第一個願意相信我和夏娃，助我們一臂之力的種族就是鐵豬族。

而且來訪的人，是當初與魔王戰鬥時遭到布列特殺害的那位族長的兒子，名叫法爾玻。

因為有這樣的經過，夏娃很重用他，也很信任他。

我之所以會這般憂鬱，就是因為背叛的人偏偏是他。

加洛爾刻意不告訴夏娃這件事。因為他害怕夏娃會因此深受打擊。

「這麼晚還來拜訪，實在非常抱歉。」

「沒關係，隨便坐吧。我們兩個還是第一次像這樣單獨談話。法爾玻很像那傢伙。」

法爾玻的樣貌會令人想起那個朋友。

這種感覺令人懷念，但一想到接下來就要將他處刑，實在是於心不忍。

「我經常被這麼說。」

「所以，你有什麼事？沒帶隨從就跑來見我。要聊的事情肯定不普通吧？」

「我就開門見山直說了……魔王直屬騎士凱亞爾大人，請您務必救救我們。」

法爾玻當場磕頭下跪。

我低頭看著他，同時開口說道：

「哦，這是在求饒嗎？你都徹底背叛我們了，居然還敢厚著臉皮說這種話啊？」

「不愧是凱亞爾大人。您已經注意到了嗎？我們的確背叛了魔王夏娃大人……但這是有理由的。」

他邊這樣說著，邊遞出了一捆紙。

我快速地過目上面的內容。

上面寫著關於這次的叛亂騷動當中，與鐵豬族有關事件的一切內容，沒錯，就是一切。連對方的主謀也包含在內。

要是公開這件事，鐵豬族就會與日前悽慘地遭到處刑的雪豹族淪落到相同的下場。

而且與加洛爾詳細調查過的資料也確實一致，內容想必是真的。

「看在你果斷地自白的份上，我就聽聽你有什麼理由吧。」

「是，其實我等鐵豬族的故鄉，遭到企圖謀反的魔族占據，對方把故鄉的人作為人質，所以我們才沒辦法背叛他們。」

「哦，勇猛的鐵豬族居然會被人占領故鄉？真教人難以置信啊。」

「對方是赤龍人族，擁有非常強大的軍隊。他們在舊魔王軍當中也被稱為最強的種族。他們率領著龍，自己也能變化為強大的龍。待在地上的我們根本束手無策。」

噢，赤龍人族啊。

我以為他們已經消聲匿跡，想不到會出現在那裡。

其實我包含前世在內，也從未親眼看過這個種族。因為這些人在第一輪已經遭到夏娃滅族。

現在的魔王軍雖然也有龍騎士，但他們終究只能算是騎手。

赤龍人族是有著人類外型的龍，若是與他們相比，自然會遜色一兩個層級

「所以，你為什麼直到現在都瞞著這件事，沒有任何作為，只是老實地服從著他們？為什麼到了現在才肯說？」

「因為說了也沒用。他們說一旦叫出軍隊，就會立刻將我故鄉的村民趕盡殺絕，因此沒辦法拜託軍方。既然如此，需要的就是擅長潛入活動，擁有壓倒性實力的高手。儘管魔王城也有強者，但我想不到有誰能勝過赤龍人族的精銳……所以我們才會為了自己的種族，選擇服從對方。」

「原來如此。所以你看到我回來，就打算拜託我是嗎？你好像認為我有辦法救你們，但你不覺得這種想法很自私嗎？你背叛在先，居然還想求人幫你啊？無論你有什麼樣的理由，罪依然是罪。」

沒錯，犯下的過錯是不會消失的。

實際上，夏娃確實也身受其害。

我應該做的不是拯救鐵豬族，而是處罰他們，之後才是驅逐赤龍人族。

既然是叛軍當中的最強戰力，要擊潰他們我自然不會有絲毫猶豫。

「這確實很自私……一般來說根本不會受到原諒。可是，關於這次的事情，還請凱亞爾大

人當作是在幫您自己贖罪。」
「贖罪?我倒要聽聽你這句話是什麼意思。」
我是想得到,但還是希望聽他親口說出。
「前任族長,父親他跟隨您的腳步,在魔王城的戰鬥中死於非命。若您當時可以下達更正確的指示,父親他應該就不會死了吧?父親賭上性命為您效忠,遵從您的指示而死,為了彌補他,您是否能原諒鐵豬族犯下的罪過,拯救故鄉的人呢?」
因為我的指示而死。
這句話是正確的。
假如我有注意到布列特的存在,想必他就不會死了吧。
「是啊,你說得有道理。但是,那傢伙死於戰鬥,你這樣的想法,不是反而傷害了那傢伙的名譽嗎?身為戰士,就是把性命寄託在自己的本事。把責任推給別人,是對他的侮辱。」
「即使如此,我依然想守護村民。」
哦,說得好。
我就測試看看這句話是真是假。
「好吧。要我拯救鐵豬族的村落也未嘗不可。這是還你父親人情的好機會。而且歸根究柢,你們的故鄉會遭到占領,也算是夏娃的疏失。」
雖說夏娃一直在呼籲十大種族的人民搬來魔王城的首都城邑居住,但他們幾乎都還是住在各自的國家。

明知會成為漏洞卻沒辦法保護他們，這證明了魔王的支配不夠周全。

換個說法，等於是被對方小看了。

某種意義上，鐵豬族才是被害者。

「真的嗎！」

「我有兩個條件。第一，今後要是有這種狀況，就絕對要告訴夏娃。如果這次的事情有通知夏娃，她應該也會以自己的方式設法解決，就算辦不到，也會在更早的階段就拜託我處理……那傢伙把十大種族視為自己的家人。如果是為了家人，夏娃就會豁出性命採取行動。明明大家一直為所欲為，一直背叛著她，她卻……」

上次處刑也令夏娃感到非常心痛，她還一個人獨自啜泣。

恐怕在魔王城中，只有她現在依然認為十大種族是團結一心。

看到夏娃的心不斷地遭到糟蹋，就令我沒來由地感到悲傷。

「是，我向您保證。」

「然後還有一點。我會原諒鐵豬族犯下的罪。可是啊，得要有人負起責任才行。你到時會遭到處刑。你願意吞下這兩個條件，我才會出手救人。如何？」

好啦，法爾玻會怎麼回應呢？

如果他說的話屬實，不顧自己的性命也想拯救故鄉，理應會接受這個條件。

根據他的回應，要我變成魔鬼還是惡魔都有可能。

「兩個條件我都接受。我怎麼樣都無所謂，請您務必拯救故鄉！」

我淺淺地笑了。

合格了。

他為了故鄉踐踏了夏娃的心。因為故鄉比任何事情都要重要。

然而，若他說自己的性命比故鄉重要，我是絕不打算原諒他的。

怎麼可以原諒他為了這種程度的事情，踐踏了夏娃的心。

「我改變主意了，你的處刑也取消吧。我答應你會救鐵豬族。你對鐵豬族還有必要。但別會錯意了，這次是看在你父親的面子上原諒你的，沒有下次了。」

「非常感謝您！」

「要道謝的話，就向你那有恩於我的父親，以及現在依然稱呼你為家人的那個超級天真的魔王陛下說吧。要是沒有夏娃……我早已殺了你。」

「是……是！實……實在非常抱歉。」

我不小心釋放出殺氣了。

我的脾氣其實意外地不好啊。

「我明天出發。今晚就把你手頭上有關你的故鄉還有赤龍人族的情報整理給我。」

……好啦，在這起事件中，為了防止叛亂的第一目標決定了。

就是赤龍人族支配著的鐵豬族故鄉。

既然夏娃認為他們是家人，那麼對我而言也是家人。

家人受到了這種對待，表示他們無疑是我的復仇對象，我就徹底放手一搏吧。

況且，我記得赤龍人族是外表美麗的種族。

既強大又美麗。全部毀壞掉實在太可惜了。再加上他們能使役龍族，遇上狀況時會很方便，可以的話我想有效地活用他們。

嗯，姑且不論男人，女人就作為我的新玩具，拿來重複利用吧。

最近我變得很少強迫別人就範。

由於我是紳士，不會因為沒有復仇的理由就以強硬的方式襲擊別人。

彼此相愛的性愛很舒服，但硬上也很有吸引力。

看來可以久違地盡情享受一番了。

第十五話 回復術士與寵物踏上旅程

隔天，我依照宣言踏上了旅程。

一個人與一隻的旅程。

我原本也想帶剎那一起去，但這次必須變裝成某個種族，還預定要潛入鐵豬族的故鄉，所以我決定讓她留在城裡。

我用【改良】就可以改變模樣，紅蓮也只要裝成是我的狐狸寵物就沒事了。

儘管我可以用【改良】改變剎那的外型，但她的戰鬥風格強烈仰賴冰狼族的身體特徵，以其他外型根本沒辦法像樣地戰鬥。

面對二流、三流的敵人是可以設法應付，但面對赤龍人族就占不了上風了。

那是最強種之一，有著人類外型的龍。

所以我決定麻煩剎那擔任夏娃的護衛。

她看起來打從心底感到懊悔，但也接受了我的決定。

「與主人兩個人單獨旅行的說！紅蓮一個人獨占的說！」

少女模樣的紅蓮狐心大悅地往前邁出步伐。

她不久前還因為比較輕鬆而總是選擇維持狐狸型態，但最近她經常處於少女型態。

雖然哪個紅蓮我都喜歡，但她或許是注意到我很中意狐耳少女的模樣吧。

「這麼說來，我們兩個還是第一次單獨旅行啊。」

「沒錯的說。」

這樣啊，那來做些只有兩個人才能做的事情吧。

我們現在正跑著前往目的地，也就是鐵豬族的故鄉。

因為比起騎馬，自己跑還比較快。

「為什麼不搭飛機到更近一點的地方的說？」

「那些傢伙率領著龍。既然他們占領了村子，應該會派龍負責監視。開飛機過去遭到不容分說直接擊墜的危險性很高。」

面對強力的龍群，挑起空中戰無疑是自殺行為。

雖然是我的猜測，但若是單純的直線速度，飛機不會輸給龍。

但因為我提升飛機的剛度，藉此承受爆炸性的加速度之故，反而沒辦法靈活地旋轉。

飛機沒辦法做出像龍種一樣自由自在地迴轉。即使速度有利，但機動性依然略遜一籌。

而且最單純的理由就是對方的人數較多。

「那也沒辦法的說。相對的，紅蓮希望今天的晚餐可以吃肉的說。」

「這倒是可以想個辦法解決。」

這一帶滿是大自然的恩惠。

想必隨時都能獵到獵物。

◇

我們俐落地準備野營。

龍的地盤極為廣大，我們為了以防萬一而拉開距離，所以沒辦法在一天內抵達。今天就在這裡過夜，預定明天中午才會到達目的地。

我最近才注意到，現在的我已經不需要帳篷了。

使用土魔術後，就可以輕鬆地建好一間容易居住的速成小屋。

而至於紅蓮，她現在正沉迷於某個東西。

「咕嘟，看起來好好吃的說。」

我找到了野生山羊，決定把牠當作今天的晚餐。

這頭山羊的體型較小，所以是整隻拿來烤。

比起講究的高級料理，把這種狂野卻具有衝擊性的料理氣勢磅礴地端出來，紅蓮反而會更加開心。

話雖如此，我也不是直接拿來烤而已。

我首先去皮，取出內臟，然後在肉的表面劃刀，再把在森林採到的百合科植物的灑上去，抹上鹽巴。

接著如同剛才蓋的小屋般，我用土魔術做了爐灶，不是直接拿來烤，而是以輻射熱確實地烤熟。

若是要以直接烘烤的方式烤整頭羊，在裡面的肉烤熟之前外面就會焦掉，而且肉汁會徹底流光，導致肉質變柴。

然而，使用輻射熱就能把肉汁鎖在裡面，營造出鮮嫩多汁的口感。

為了這個目的，我特地做了一個能把整頭山羊放進去的爐灶，堪稱是最講究的做法了。

「有好香的味道。好像可以吃了說！」

「再稍微忍耐點。我想想，就等剛才放進去的柴薪燒完吧。」

「還要花幾秒的說？」

「這個嘛，大約一個小時。」

紅蓮擺出彷彿世界末日的表情。

「紅蓮沒辦法等那麼久的說！」

「等得愈久，吃到的東西就愈好吃喔。」

用爐灶把羊整隻拿來烤的這種料理方式，只要有設備、花點時間，任誰都可以做出美味的料理。

但要是稍微急了一些，就會變成慘不忍睹的殘缺品。

「唔唔唔，忍耐，忍耐的說。」

紅蓮感到非常糾結。

沒辦法。稍微讓她填個胃吧。

我把剛才取下的內臟當中，把俗稱的羊心取出來。

羊心愈是新鮮愈是美味。

因為這頭羊才剛獵到，肯定是再新鮮不過。

我把它切成薄片，灑上我隨身攜帶的調味料快速翻炒。與肉不同，這個半熟會比較好吃。

我將成品裝盤，拿出酒。

「在肉烤好前，先吃這個享受一下吧。」

「主人最棒了說！」

狐狸直接衝到我身上。

嘴邊還流著口水，肚子的聲音也咕嚕咕嚕叫。

真拿這孩子沒轍。

◇

我一邊盯著爐灶，一邊吃著炒羊心。

口感稍硬，味道甘甜，有著肉所沒有的鮮味。

而且我感覺湧起了一股力量。

新鮮的羊心果然不錯。唯獨這個是只有自己狩獵才能取得的食材。

從前的獵人據說只有最為活躍的那個人才能吃到心臟。

原來如此，心臟真是美味。

「好好吃的說！有甜甜的血味的說！」

「是啊，我也喜歡這種味道。」

只不過再這樣下去，光吃羊心就要填飽肚子了。

還是適量就好。

我啜了一口酒。

我帶來的酒是又嗆又烈的蒸餾酒，與甘甜又清爽的羊心搭配起來的效果不佳。

雖說羊心也很好吃，但今天的主角依舊是烤山羊。

我與紅蓮兩人享受前菜時，柴薪也終於燒完了。

「總算可以吃了說！」

「我們把牠切開分掉吧。」

我露出苦笑，敲壞爐灶後將羊取出，紅蓮的嘴巴隨即流出口水。

我粗略地把肉切開分掉。

最美味的後腿切給我和紅蓮一人一條，另外再擺上腹部一帶富有脂肪的肉。

不可思議的是，後腿比前腿還要美味。

直接吃一整條山羊腿，分量確實會很不得了。

我們以驚人的氣勢大口咬下山羊腿。

「這個味道，真令人難以抗拒！」

「好狂野的說！野性的本能要覺醒了說！」

與高級肉相較之下，肉上面沒有脂肪，顯得比較硬。

但是，肉的風味相當強烈。

而且，多虧我仔細地用弱火烤熟，裡面充滿了肉汁。

這個味道重重地對本能傾訴著自己的存在。

更重要的是與酒很搭。

我望向紅蓮，她明明是隻狐狸，卻像個松鼠似的將臉頰鼓到極限，整個嘴巴都塞滿了食物。

連這種舉動也顯得很可愛，美少女真是吃香。

「紅蓮要再拿一份的說！」

令人詫異的是她轉眼間便吃光後腿上的肉，切下前腿走了回來。

……奇怪？光是可食部位也有兩公斤吧。

我連吃一條後腿就很撐了，應該說不需要吃超過一半。

她的食慾真是驚人，話說，她到底是怎麼塞進身體裡的？

「好好吃的說！狐狸大滿足的說。」

總之就隨她去吃吧。

今天只有我們兩人獨處。根本沒必要顧慮。

◇

結果，紅蓮後來連前腿也吃得精光，甚至把放在盤子上的腹肉大口吃下肚。

紅蓮說，味道好像是後腿＞腹肉＞前腿的感覺。

令人震驚的是她連腹肉都吃得一乾二淨，才總算感覺到撐。

她維持少女的模樣，直接躺在我的腿上。

「總算輕鬆了說。」

「……膨脹到極限的肚子只花十五分鐘就縮回來，我真想問這是怎麼回事。」

不愧是不可思議的生物。

剛才脹得像狸貓般的肚子現在也已經恢復原樣了。

而且她也沒有排泄，難道全都轉換成能量了嗎？

順便說一下，紅蓮不會上廁所。聽說是沒有那個必要。

「總覺得妳是不是變大了啊？」

「嗯？是嗎的說？紅蓮不知道的說。啊，可是紅蓮感到神獸力量變得越來越厲害的說～」

紅蓮剛從蛋裡孵出來時，感覺頂多是與剎那同年的十二三歲，不然就是比她還要年幼。

曾幾何時，她已經變成了十四歲左右，而且還在繼續成長。

該怎麼說呢，她變得愈來愈性感了。

大概不是突然長大，而是每天一點一滴地慢慢成長，只是我太晚注意到而已。

我試著用力抓住她的胸部。

「喔喔，這肯定是變大了啊。」

之前明明是剛好能收進手掌的尺寸，現在已經稍微超出掌心了。

而且，成長期胸部特有的堅挺乳頭也變得稍微柔軟了些。

「等等，很癢的說。」

「只是很癢而已？」

「不是的說。」

紅蓮一躍而起，直接把我推倒。

可以看到她的虎牙，她以肉食動物的眼眸俯視著我。

紅蓮的上衣敞開，露出了雪白的肌膚。

「肚子填飽後，就覺得好難受的說。今天紅蓮要獨占主人，要做好多、好多舒服的事情的說。」

看樣子紅蓮似乎打算逆姦我。

她主動奪走了我的嘴唇。

接著她莞爾一笑，輕咬我的脖頸。

我並沒有拿走主導權，也沒有伺候她，好久沒看到這種只想利用我獲得快樂的傢伙了。

還挺有意思的嘛。

我就配合她的興趣吧。

◇

我隔天早上清醒後，發現紅蓮依然全身赤裸，精疲力盡地躺在旁邊。

我一開始讓她為所欲為，相當樂在其中。

但她後來實在太過囂張，我就搶走了她的主導權，徹底疼愛了她一番。

也就是攻守交換。

紅蓮原本覺得很有意思，得意忘形地進攻，一轉為被動便隨即變得懦弱起來，最後央求著我說她已經不行的時候，真是令人興奮。

我搖醒那樣的紅蓮。

「主人是欺負人的壞孩子的說！」

「嗯，是這樣沒錯。」

我是愛欺負人的壞孩子。

這點我不否認。

「好啦，該出發了。早飯吃昨天剩下來的可以嗎？」

「那個很好吃，贊同的說。」

就在我把話題拋向食物之後，她便立刻轉移注意力，把昨天被我狠狠欺負的事情拋在腦後。

紅蓮在全裸的狀態下走到外面吃肉。

她這個樣子也很漂亮。

美少女與野性行為的搭配，這種感覺莫名色情。

我也配合紅蓮的舉動，赤身裸體咬著肉。

這種解放感真棒。

簡直就像是回歸到野生。

嗯，難得兩人獨處，不如在出發前再打一炮，吃掉這隻小狐狸吧。

畢竟我現在是野生動物嘛。

◇

出發前，我變裝成與赤龍人族有密切來往的種族，紅蓮則是變成狐狸的模樣。

不久，我們總算抵達鐵豬族的故鄉。

那裡正如情報所示，正受到赤龍人族所支配。

赤龍人族旁若無人地走在村裡，空中則有龍在飛舞盤旋。

眼見此景，我不禁暗自竊笑。

這幫傢伙對我的家人出手了。

就讓這群以為自己是最強的愚蠢蜥蜴們見識一下什麼叫地獄吧。

第十六話 回復術士變裝

鐵豬族的村落就在眼前。

我決定一個人先上前偵查。

紅色飛龍大搖大擺地在空中盤旋，鐵豬族的脖子被掛著項圈，好似奴隸那般被強迫勞動。

「咕嘟，飛龍好像很好吃的說。紅蓮想吃龍的肉說。」

「那個好吃是好吃啦，不過一般的牛不是更好吃嗎？」

「味道是這樣沒錯的說！可是那看起來充滿了許多能量，鮮嫩多汁的說。神獸力在沸騰了說。」

「是這樣嗎？根據之後的狀況發展，或許能讓妳飽餐一頓喔。」

「好期待的說，紅蓮希望能全面戰爭的說。以血洗血互相殘殺，得到許多肉的說！」

「我姑且先說一下，那是我們能想得到的最壞的結局。」

看到龍後會覺得很好吃的，八成也只有紅蓮吧……正常來說都會害怕才對。

「……該怎麼說，赤龍人族的那群傢伙已經不打算隱瞞自己占領這裡了吧。」

表示現任魔王的政權就是這麼被瞧不起。

以實際問題來說，目前夏娃政權的地盤還不夠穩固。

在各地都有爆發小規模的叛亂與暴動的導火線，費盡千辛萬苦才把狀況壓下來。

如果打算為了驅逐赤龍人族而派遣戰力，就沒辦法順利壓制各地的暴動，一口氣就會爆發出各式各樣的問題。

說不定還會導致魔王城被直接攻陷。

魔王所擁有的絕對遵從命令非常強力，但並非絕對。

假如我是想殺死魔王的魔族，就會事先做好準備，從她的視野範圍之外一擊取下她的性命。畢竟除非是在聲音能傳遞得到的範圍之內，否則她的命令根本派不上用場。

不過，要是夏娃有那個意思，她可以召喚神鳥殲滅所有一切。但那只能再用一次，是禁招中的禁招。

（但他們太膚淺了……幾乎沒在提防擁有壓倒性實力的單一個人。沒錯，就是像我這種強者。）

勇者、魔王這類超乎規格的存在，可以獨力改變整個戰況。

不需要派遣大規模的戰力。

我一個人就可以解放遭到赤龍人族侵略的鐵豬族。

「主人的模樣好帥的說！」

「是嗎？」

我現在用【改良】改變了樣貌。

這個模樣是黑亞龍族。

簡而言之就是高階種的蜥蜴人，根據「附帶條件」而被允許自稱為龍的一族。

對於赤龍人族而言，黑亞龍族是侍奉他們的種族。簡單來說就是小弟。

他們的特徵是蜥蜴尾巴與黑色的角。除此之外幾乎與人類無異。

我選擇黑亞龍族的理由有三點。

第一，他們對赤龍人族而言是親近的種族。

第二，因為是侍奉自己的種族，他們會輕視對方。

第三，黑亞龍族的某種習俗，正好可以作為我造訪鐵豬族村落的理由。

眼見我與紅蓮來到門前，門衛們隨即衝了過來。

赤龍人族的男性全身都覆蓋著堅硬的紅色鱗片，臉與龍如出一轍。特徵是會拖到地面的又長又粗的尾巴。

他們有兩公尺以上的巨軀，肩寬也與其相符。但體型並不是胖，而是結實。可以理解他們為何被稱為最強的魔族之一。

此外，女性的樣貌似乎不一樣……我也是這樣希望的。畢竟就算是我，也沒辦法對以雙腳走路的蜥蜴發情。

我好不容易才有機會復仇，要是不能侵犯女人的話會有點掃興。聽說赤龍人族的女性都是美女，希望能早點看到讓我安心。

「你是黑亞龍族的年輕人嗎？有什麼事？」

他看著有著黑亞龍族外貌的我，眼神中帶有侮蔑，而且絲毫不打算隱瞞這點。

「是，在下是來拿龍之證的。」

「你們也真辛苦啊。要自稱為龍還需要透過我們的許可。」

兩名門衛笑了。

黑亞龍族的習俗，就是向赤龍人族申請證明。

黑亞龍族是蜥蜴。龍族那群傢伙認為他們不夠格自稱為龍。

因此，黑亞龍族成年後便會在赤龍人族面前展示自己的力量，一旦合格就能取得龍之證。

有了那個證明，黑亞龍族才能真正地自稱龍之戰士。

這個儀式稱為龍之儀式。

「在下希望能讓偉大的赤龍人族務必看看我的力量。」

「那你去弗蘭拉哈不就得了。為什麼還專程跑來這種地方？」

弗蘭拉哈是赤龍人族的國家。

如果黑亞龍族要接受龍之儀式，去那邊才合乎常理，專程跑來他們占領的據點確實很奇怪。

但我也準備好一套說詞了。

「因為我很憧憬希塞齊將軍。我從之前就在想，假如我要接受龍之儀式，一定要在希塞齊將軍面前展示我的力量。我去了一趟弗蘭拉哈後聽說他人在這裡，所以才專程趕來的。」

「哦，原來是憧憬希塞齊將軍啊，你倒是挺有前途的嘛……不過，那位大人很忙，沒時間一個一個奉陪像你這種劣等種族。不過，你的鬥志值得嘉許。我特別去拜託騎士團那群傢伙幫你看看吧。」

好，這樣就能順利進入村子了。

完成了最低限度的目標。

但這終究是最低限度。

我要緊緊抓住這個機會。

「恕我失禮，我無論如何都想拜託希塞齊將軍看看我的力量。」

「你怎麼聽不懂啊。我不是說過將軍根本沒空跟你這種貨色見面嗎？」

「這種貨色……如果我的實力並不一般呢？我對自己的本領很有自信。從來沒打輸過。」

「在蜥蜴中當第一名又怎麼樣了？我們可是龍啊。就連身為士兵的我，也比蜥蜴的第一名強多了。」

「那麼，要是我能證明自己比你強，你就會讓我見到希塞齊將軍嗎？」

這句話惹門衛們不高興了。

我想也是，眼前是自己認為只是區區的蜥蜴，根本看不上眼的種族，現在居然敢頂撞身為龍的自己。

「你鬧夠了吧。既然用講的聽不懂，就用你的身體讓你明白吧。」

「如果這樣你能理解我的實力就行了。」

赤龍人族的門衛聽到這句話，完全抓狂了。

聽到一陣騷動，居民們都陸續聚集到門的附近。

這感覺不錯。

「區區蜥蜴還敢叫囂啊！」

門衛拔劍了。

那是把符合他巨軀的厚長大劍。然而卻沒有好好磨過，只能拿來用在打擊。

若是人類，甚至沒辦法拿起那把劍，但他卻能輕鬆地揮舞。

而且不是順著重力往下揮而是橫劈，好驚人的肌力。

劍速也超乎常人……但是，動作被我看得一清二楚。

在他揮劍之前，我便預測出他的攻擊展開行動。我沒有蠢到會被這種程度的攻擊打中。

我壓低身勢蹲到極限，接著往前突進。

劍在我頭上以超速度滑過。

在這個狀況下，門衛卻笑了。他的鱗片發出光芒。

原來如此，赤龍人族的鱗片擁有勝過鋼鐵的硬度，而他又以魔力經過強化，想必是認為那與鐵壁無異吧。即使是一流級別的劍士，也根本無法傷他分毫。

不過如果是我，就能集中魔力使出劍閃，直接將他一刀砍斷。

但那樣並不美。

「【發勁】。」

我沒有拔劍，而是往前踏出步伐、穩住腰間，扭動全身順勢擊出掌底。

接著，這股衝擊與氣並非擊中表皮，而是浸透到對手體內。

從外觀來看，門衛沒有絲毫變化。

然而，這是用來破壞內側的技巧，衝擊與氣會蹂躪對手的內臟。

「咕嗄。」

門衛悶了一聲，頓時屈膝跪地，吐出混有血的嘔吐物。

下一刻他全身抽搐，接著便動也不動了。

「我很強。請問這樣可以理解了嗎？」

沒有回應。

不，是沒辦法回應。

代表剛才的傷害就是如此嚴重。

（我已經手下留情了，但看來還是出手太重了啊。）

我望向另一名門衛，他已經陷入混亂，看起來沒辦法好好說話。

接著我環視周圍，騷動演變得愈來愈大。

此時，從眼前的人山人海當中，出現了身穿騎士鎧甲的赤龍人族。

我看一眼就能明白。那傢伙與門衛的格調截然不同。

以人類來形容的話，他的身上纏繞著猶如三英雄般的獨特氛圍。

「這到底是怎麼回事？門衛，回答我。」

「是……是，其實……」

另一名門衛瞬間重振精神。那個人有著會讓他這麼做的奇特壓迫感。

門衛把剛才為止的經過如實稟報。

「原來是這樣啊。真是個天大的醜聞。區區蜥蜴居然能戰勝吾等尊貴不凡的赤龍人族。我不能放任這個汙點。那邊的蜥蜴，我就實現你的願望吧。由我希塞齊當你的對手。」

這男人果然是希塞齊啊。

赤龍人族的英雄，負責指揮士兵鎮壓鐵豬族的將軍。

「非常感謝您！」

「跟我道謝？別會錯意了。你該做的是求饒。原本龍之儀式是用來測試黑亞龍族的力量，但對吾等來說，只不過是當作遊戲在玩罷了。但是，如今你讓吾等赤龍人族的驕傲蒙羞。為了讓其他人知道區區蜥蜴不可能敵得過龍，我現在要將你當眾處刑。」

「即使如此，還是感激不盡。想不到我居然能和那位希塞齊大人交手。」

希塞齊露出了困惑的表情，隨後便認為那是種侮辱，表情頓時扭曲，但連這樣的表情也在一瞬間就消失了。

原來如此，他起碼可以控制自己的感情啊。

這樣一來就不是達成最低限度的目標，而是可以確實完成我的目的。

這次並非解放完鐵豬族就結束了。

我還需要拉攏赤龍人族。

為此，我得接近赤龍人族的領導階層，籠絡他們才行。

我演這齣鬧劇就是為了這個目的。

……對了，他們似乎很重視龍之驕傲什麼的，就反過來利用一下吧。

在眾人環視的處刑現場，龍之英雄敗給區區的蜥蜴……只要我在他飽受如此難受的屈辱之前，告訴他我會故意輸掉，想必他無論什麼條件都會接受。

我最喜歡這種嘴上掛著驕傲還是什麼的這種自以為了不起的傢伙。一群深信自己不可能會輸的井底之蛙。

當我踐踏他們所謂的驕傲時，他們當下的反應實在非常好笑。

這個叫希塞齊的傢伙，肯定也會為我帶來最棒的娛樂效果吧。

我不會手下留情。因為這幫傢伙正在折磨著我的朋友鐵豬族。如果不讓他們好好痛苦一番可說不過去啊。

第十七話　回復術士增加伙伴

我重新確認了自己的目的。

要在盡可能不造成傷亡的狀況下拯救鐵豬族。

如今我的實力甚至凌駕於魔王之上，大可採取正攻法，將占領這座村落的赤龍人族趕盡殺絕。

但萬一我這麼做，鐵豬族勢必也會出現許多傷亡。

這類敵人只要稍微居於劣勢，老是會立刻拿人質當擋箭牌。

算了，其實他們被當作人質，對我來說也是不痛不癢，但這麼一來，就與我想盡量不造成傷亡的方針有所牴觸。

我從前救不了故鄉的那些村民。不可以再犯下那麼愚蠢的錯誤。

因此，我要用有點麻煩的方法。

進一步說，只是趕跑赤龍人族並沒有意義。

畢竟赤龍人族離開之後，反抗魔王的那幫傢伙有可能再次派人過來鎮壓這塊土地。

簡而言之，我要面對的不只是眼前的敵人，還必須找出對他們下達指示的幕後黑手。

作為第一步，我正與赤龍人族的英雄，希塞齊將軍對峙。

「哦，看來你還挺有一手的。不過，是以蜥蜴來說。」

不論在物理層面還是精神方面，赤龍人族的將軍希塞齊都看不起我。

「請賜教。」

我在眼神灌注虛偽的憧憬，然後舉起劍。

為了我的目的，不得不注意一件事。

我不是要打贏希塞齊，而是必須讓他中意我。

讓希塞齊中意我後，藉此靠近赤龍人族的中樞，而且還必須要與上層的某個人接觸。這樣一來，應該就能將犧牲者壓低在最小限度吧。

（要讓對方中意還真麻煩啊。）

並不是贏就好了，打輸反而更好。

一旦贏了，會使對方顏面掃地。會因此而開心的對手少之又少。

最佳結果是讓對手承認我的實力，然後我再輸掉。

希塞齊將軍的部下負責擔任裁判，他重重地吸了一口氣。

接著……

「開始！」

戰鬥以這個訊號為開端，正式開始。

◇

希塞齊將軍的武器是斧槍。

那是在長槍上裝有斧頭刀刃的武器。

畢竟是原本就擁有超過兩公尺巨軀的赤龍人族所用的武器，長度接近四公尺，而且為了在這種長度下保有剛度，粗得相當驚人。

重量想必接近二十公斤。

不僅可以使出長槍特有的遠距離突刺，也因為附有斧頭的刀刃，有辦法使出斬擊。

值得注意的點是，原本斧頭的一擊就很強力，而這種武器還能藉由其長度發揮離心力與重量，使出超乎想像的攻擊。

……像這樣只寫出優點的話會覺得十分優秀，但這種武器不僅沉重，重量也都集中在前端，非常難以駕馭，如今已漸趨式微。

簡而言之，就是缺少實用性。

（原本應該是這樣的。）

沉重又難以操控。

然而，龍人以他們特有的驚人肌力及千錘百鍊的技術，讓武器的優點被無限放大。

嗯，他很強。

一般而言，如果身體能力如此得天獨厚，通常都會疏於琢磨技巧，但他並不是這樣。包含前世在內，他的技術在我相遇的武人當中可以排得上前十。

突刺配合斬擊，攻擊手段變化莫測，我無法完全看穿，光是防守就得竭盡全力。

「哦，能接住我的斧槍啊。難怪齊力格贏不了你。我稍微拿出一點真本事吧。」

他口中的齊力格，想必是我剛才打倒的門衛吧。

我往後跳，躲開超越音速的橫劈，然而揮舞時產生的音爆依然劃開了我的皮膚。

那傢伙順勢往前邁步，將橫向迴轉的能源轉換成縱向迴轉，以斧槍的斧頭部下往下揮，做出了非常誇張的動作。

好快，現在的我躲不開。但要是硬接下來，劍就會直接斷成兩截。

（嘖，以黑亞龍的體能來打實在很吃力啊。）

我把自己的體能與魔力壓到黑亞龍族可以達到的最高級別。這是為了不讓對手懷疑我。

話是這麼說，我或許太小看他了。

赤龍人族與黑亞龍族之間的性能，作為生物的格調實在相去甚遠。

真的有夠麻煩。

我把劍收回劍鞘靠上左手，再以右手支撐，調整角度。與此同時，使出了符合黑亞龍的全力強化體能。

多虧我調整了角度，得以分散這股衝擊，但這股驚人的威力依舊將劍鞘像紙工藝般粉碎，接著是刀身，再來連我的肉也被撕裂，到了骨頭才總算停住，整個人直接在地面滑行。

我頓時感到劇烈疼痛，但已經習以為常。我不會露出破綻。

反而是眼見這擊無法拿下敵人，對希塞齊來說似乎是從未有過的經驗，他的思考頓時空白。

就讓我趁這個機會攻擊吧。

我往前踏出步伐，同時以保留的慣用手仲向希塞齊的喉嚨。

我手上已經沒有劍了。

然而，黑亞龍族的身體有著利爪。

我用黑爪使出反擊，刺向希塞齊的喉嚨，然後應聲斷裂。

（……也對，是會這樣沒錯。）

我不認為這擊可以貫穿赤龍人族的鱗片。

重要的是讓他見識到我的力量。

即使沒能對他造成傷害，但我留下了打中他要害的這個事實。

我望向希塞齊的眼眸，他的瞳孔變得好似爬蟲類會有的那種眼神，這該不會是龍化的前兆？

（這樣就不能再限制體能了。以蜥蜴的力量挑戰龍，根本是自殺行為。）

然而，這似乎只是我杞人憂天。

他的眼神隨即找回了將軍該有的勇猛與智慧。

他沒有追擊。

「接下我渾身的一擊非但沒死，還對我報了一箭之仇嗎？原來如此，你不是蜥蜴，而是龍啊。我就承認你的實力吧，龍之儀式在此結束。我希塞齊允許你自稱為龍。」

「感激不盡。」

手臂淌著鮮血的同時，我屈膝跪地、垂頭致意。

我本就認為他若是真正的武人，只要被擊中一擊，就會願意認同我的實力。

……萬一他並非這種人，那我就放棄在黑亞龍族的極限內使出全力這種遊戲，而是拿出真本事擊潰他。

「我允許你報上名字。」

「我叫荷尼米。」

我用了假名。

明明才剛捨棄凱亞爾葛這個虛假的名字變回了凱亞爾，居然又立刻偽裝名字。或許我就是出生在這樣的星辰底下吧。

「荷尼米，嗯。恭喜你成為龍，我允許你參加今晚的宴會。你們幾個，幫荷尼米療傷。」

「「是。」」

赤龍人幫我在傷口塗上藥膏，纏上布後再以木頭固定。

儘管看起來非常隨便，但黑亞龍族是再生能力很高的種族，這樣便足夠了。

「小子，你還挺能幹的嘛。」

「可惜你是隻蜥蜴啊。」

「居然能打中那位希塞齊將軍一擊，真令人詫異啊。」

赤龍人族的士兵們紛紛誇獎著我。

他們似乎是以力量至上的種族，只要見識到對方的實力，就會在某種程度上表示認同。

身為這群人大哥的希塞齊露出了微笑。

「直到宴會開始前，你就在兵舍好好休息吧。」

話語剛落，周圍便一陣嘩然。代表蜥蜴能出席赤龍人族的宴會就是如此特別吧。

我很了解他的器量了。

但這是為什麼？

剛才有一瞬間，我從希塞齊身上感受到些許人渣的味道。

或許是因為我見到太多人渣，得到了能感應出那類人種的第六感。人渣不管裝得再怎麼完美，我也有辦法察覺到他的本性。這不是理論可以說明的。

（還是先提防他吧。）

我不想認為如此傑出的武人是人渣……但是，我從來沒有弄錯這種感覺。

◇

我請他們帶我到疑似連忙趕工的兵舍休息。

左手的疼痛從剛才開始就令人煩躁。

幸好他們給的是單人房。

我坐在床上，確認周圍沒有氣息。

「紅蓮，妳可以改變模樣了。」

「了解的說！」

小狐狸在空中轉圈，變成了美少女。

紅蓮這次是我重要的助手，也是戰力。因此我希望別人以為她只是隻寵物。

好啦，接下來就是幫我自己維修了。

「【恢復】。」

左手的疼痛消退了。

雖然令人不快，但不能拆掉固定在手上的布。畢竟傷勢若突然治好，肯定會被懷疑。

「主人，你面對那種雜碎打成那樣，真是沒出息的說！」

「現在的我是黑亞龍，那已經是極限了。」

要是我使出比那更強的體能及魔力，會遭人懷疑。

亞人、魔族在性質上幾乎都是初期能力值高，但等級上限低，根據種族可以明顯知道他們的實力上限。

與實力波動大的人類不同，過於強大的存在會給人不協調感。

「要一一在意那種事，好麻煩的說。依主人的實力，應該可以啪啪啪地就把他們殺光結束戰鬥的說。」

「若是凱亞爾葛應該會這麼做吧。但我是凱亞爾。」

凱亞爾葛是以完成復仇為優先。

可是，現在的我變回了凱亞爾。不再被復仇所困。

那麼我更該做自己想做的事情。正因為想幫助他們，我才會把這點擺在第一。

就算麻煩，我也想選擇犧牲較少的路。

「唔，好吧，沒關係的說。可是，紅蓮希望主人別再做那種危險的事了說。紅蓮很擔心主人的說。」

「這樣反而更不像紅蓮啊。妳居然會擔心我。」

「唔，紅蓮擔心主人是當然的說！」

「因為我會讓妳吃美味的食物嗎？還是因為我會讓妳很舒服？」

紅蓮是可愛的狐狸，但總是精打細算。

「唔，不是的說。因為紅蓮喜歡主人的說！」

「這樣啊，妳說的話真令人開心。」

我將她抱過來，並撫摸她的頭。

「哈哈哈，妳這可愛的傢伙。」

「呀——♪紅蓮與主人很甜蜜的說——♪」

她磨蹭我的臉頰。

這種感覺真不錯。

像這種動作雖然由少女型態來做也不錯，但希望她在狐狸模式時也能這麼做呢。

我雖然想一直這樣下去，但似乎沒辦法說這種話了。

我把紅蓮扔到旁邊。

「咕呃，好過分的說。」

「有客人來了。快點變回狐狸躲起來。」

儘管發著牢騷，紅蓮還是變回小狐狸，確實地隱藏魔力。

紅蓮看起來是順著感性活著，但做起事來一點也不隨便。

正因為如此，我這次才會放心帶她過來。

那名訪客沒有敲門，冷不防地走進房間。

「你的傷勢如何？」

出現的是剛剛才與我戰鬥過的希塞齊將軍。

他居然會來探望我，真是意外。

「已經好多了。」

「你的再生力相當了得啊。不愧是蜥蜴，就像尾巴一樣會立刻長出來是嗎？」

感覺他有點話中帶刺，是我的錯覺嗎？

這個人還特地來探望侍奉自己的種族，應該不可能有那種想法吧。

不對，剛才我有從他身上感覺到人渣的波動。

因為他就是這種傢伙嗎？

「不太可能和尾巴一樣啦。您特地來探望我，請問有什麼事嗎？」

「不……我想要向你道謝。」

「道謝，是嗎？」

我原本坐在床上，他話語剛落，就將我往床上推，直接扯掉我的上衣。

「居然敢讓我丟臉啊。」

噢，嗯。

原來是這樣啊。

「區區蜥蜴竟敢傷了我！」

他指著脖頸的鱗片，表面有些許削過的痕跡。

「居然讓我在眾人面前……出盡洋相！」

他揮出粗壯的手臂揍了我的臉。

我的嘴唇綻開，噴出鮮血。

他在當時扮演一名寬宏大量的大人物，但內心其實極不愉快。

這樣想也是。

對方是自己視為下等生物而看不起的種族，但挨了一擊的，偏偏還是在赤龍人之中站在頂點的自己。

但是，他沒辦法表現出這種態度。因為他有身為將軍的立場。

他逼不得已，只好扮演一個大器的男人。

「看你表現得像個武人，原來都是演的，其實只是個小人物啊。」

「我是武人！蜥蜴以外都是這麼說的！」

這樣我就知道他在我落單後才襲擊的理由了。

但有件事我不明白。

「你為何要脫衣服？」

「咕嘻嘻嘻，我比較喜歡男人。赤龍人族的男性鱗片太硬，根本用不了。蜥蜴就就好多了，很柔軟。」

怎麼，原來只是個同性戀啊。

為什麼喜歡上我的總是這種有特殊性癖的傢伙？

搞不好我身上散發著奇怪的賀爾蒙。

算了，即使如此，我也沒義務奉陪他。

畢竟我的性向可是很一般的。

好啦，該怎麼做呢？

我原本的預定是適當地討好他，與此同時掌握指揮系統，有必要的話就改造他的腦袋。

總之先順著他的話觀察狀況吧。

「住……住手。」

「你很憧憬我對吧！你應該要感到榮幸！」

一般做這種事會脫下褲子，但他居然用勃起的那話兒衝破了褲子。

哇，赤龍人族的那個還帶刺啊？

這就像是貓之類會因為倒刺而拔不出來，確實讓對方懷孕的那種。

而且還是金屬的色澤，感覺更是凶狠。

……赤龍人族的女性生殖器是用鐵做的嗎？

要是被那種東西挖屁眼，腸子都會狠狠裂開的。

「住手，被那種東西挖的話，我會死的！」

「哈哈哈，蜥蜴的屁眼就是該用過就扔的吧！」

這傢伙是慣犯啊？到底有多少黑亞龍族成為他的莖下亡魂啊？

如果我還是凱亞爾葛，就會採用復仇點數制，也就是以牙還牙、以眼還眼的方針。

如果要照這個規矩，得先被挖過屁眼再向他復仇。

但是，現在的我是凱亞爾。

雖說是為了復仇，我可不打算被挖過一次，等屁眼千瘡百孔才反擊他。

「呼……呼……就由我這高貴的龍，用用你這隻蜥蜴吧。」

那傢伙挺出腰間。

在那個瞬間，那傢伙的男根便從根部被切開，飛在空中。

我的衣袖內藏鋼線，在那傢伙打算挖我屁眼的瞬間，我便捲起他的男性生殖器直接砍斷。

即使再怎麼堅硬，在我用魔術引發超振動的鋼線面前都沒意義。畢竟這連鋼鐵都能像奶油般切斷。

「嘎啊啊啊啊啊啊啊啊啊啊啊啊啊啊啊！我堅挺又美麗的男根啊啊啊啊啊啊啊啊啊啊啊啊啊啊啊啊啊啊！」

他發出慘叫，用手按住那話兒的根部滿地打滾。

隨後，他的傷口在瞬間癒合、不再出血，再生能力果然驚人。

但是似乎沒辦法像蜥蜴的尾巴那般，轉眼間就生出新的男性生殖器。

我解除原本設定為黑亞龍族上限的體能限制，狠狠踹了他的肚子。

「咕齁、咕哈、嘎齁！」

等他安分點後，我便讓他的臉朝下，將人壓在地上。

「勉強別人可不好喔。」

「你……你這傢伙……區區一隻蜥蜴——————！」

「而你被那隻蜥蜴按倒在地上，根本是龍族之恥。這種傢伙居然是將軍，開什麼玩笑。」

「竟敢……在那邊鬼扯啊啊啊啊啊啊啊啊啊啊啊啊啊！」

希塞齊的肌肉肥大化。那已經不是使力讓肌肉隆起的級別。

這是龍化的徵兆。赤龍人族的殺手鐧。

但我不會讓他這麼做的。

我往他的脖頸打入毒針。

「嘎啊啊啊啊啊啊！力……力量……」

來這裡之前，我已經分解過一隻赤龍人族的偵察兵做過調查了。

這些傢伙的殺手鐧「龍化」是種特別的魔術。

那是唯獨他們的血族才能使用的一種血統魔術。

他們能藉由這種魔術活化隱藏在細胞裡的因子，完成龍化。

這種魔術操作細膩，若非萬全狀態就無法使用。所以只要稍微延緩他的思考，自然無法正常地地用出這招。

「你不是要變成龍嗎?怎麼了?」

「為……為什麼?為什麼,我會……」

「期待落空了,什麼龍嘛。這種傢伙居然是赤龍人引以為傲的名將希塞齊啊。」

我輕視著他,同時撿起剛才從這傢伙身上切下的男根,使用【恢復】。

與身體分離的那話兒不再流血,已經完全萎縮,但只要透過我的【恢復】,就可以讓它勃起到極限以上。

喔喔,真驚人。我從未看過如此噁心的按摩棒。

那玩意兒約莫與我的手臂一樣粗,還有著鋼鐵的硬度,以及鋒利到一般小刀根本不夠看的尖刺。

就算是興趣低級的貴族用以拷問的道具,與這個相較之下都顯得可愛多了。

「放開,快放開啊啊啊啊啊啊啊啊啊啊!」

「你沒辦法甩開區區蜥蜴?你真的是龍嗎?難不成你其實是蛇吧?」

「你這傢伙啊啊啊啊啊啊啊啊啊啊啊啊啊啊啊啊啊啊啊!」

我是勇者,還克服了無數死鬥,得到超越人類智慧的力量,即使是赤龍人族,也不可能將我的力量撥開。

不過,舊魔王軍最強果然不是浪得虛名,如果對手不是我,恐怕沒辦法制伏他吧。

我不能掉以輕心。

「閉嘴。對了，你最喜歡屁眼對吧？來，給你吧。」

我用右手將那傢伙不斷跳動的男性生殖器塞進他的屁眼。

希塞齊雖然喜歡挖男人屁眼，自己應該沒有被挖的經驗，肛門完全沒有經過開發，沒有準備好承受特大尺寸的男根。

但我依然來硬的塞進去。

「喔吼喔喔喔喔喔喔喔喔喔喔喔喔喔喔喔喔喔喔喔喔喔喔喔喔喔喔喔喔喔喔！」

他隨即發出驚人的叫聲。

有夠難聽。

由於我硬是將帶刺的特大生鮮肉棒塞進過於狹窄的地方，尖刺不僅傷到腸壁，也使得肛門的括約肌應聲斷裂。

這樣他一輩子都得開著屁眼，流著大便生活了。

真可憐。

不過，這傢伙會襲擊男人，這是他應得的報應。

「來吧，這是你最喜歡的男性之間的性愛。而且還是用自己的那根去挖自己屁眼。肯定是天作之合。」

我把插進屁眼的生鮮肉棒不斷進出。

「喔嘎喔喔喔喔喔喔喔嗚嗚嗚嗚，喔吼喔喔喔喔喔喔喔喔喔喔喔喔喔喔喔喔喔喔喔嗚嗚嗚嗚嗚嗚嗚嗚嗚！」

這已經不是語言，而是野獸的哀號。

腸液混進血裡接連不斷地溢出。

但令人詫異的是，這傢伙的聲音居然夾雜著嬌喘。

（這傢伙……真的假的啊？）

一般人的話應該會因為疼痛而無法保持理智。

可是他卻感到欣喜。

不僅如此，從根部被切斷的肉棒居然開始射精了。

這傢伙到底有多被虐啊。

老實說，我本來想乾脆玩壞他好好洩憤一下，然後再直接洗腦的。臨時變更預定吧。

洗腦的風險其實相當高。

如果像從前我把芙列雅變成芙蕾雅那樣，直接初期化是不會有問題，但留下人格，只透過【改良】洗腦的話，還是會有種不太自然，類似人偶的那種感覺，所以很有可能被親近的人發現。

操縱人心是非常困難的一件事。

我原本還在煩惱該怎麼處理這傢伙，但現在想到了一個簡單的方法。

「我會讓你更舒服的，現在就告訴你一種沒有我就無法活下去的快樂。」

就是把他變成快樂的奴隸，當作寵物。
我從包包取出隨身攜帶的媚藥。
只要汽化這玩意兒再讓對方吸進去，即使再貞潔的婦女，也會自己露出蜜壺誘惑男性。
我從他的脖頸把這玩意兒注射進去。
要是這種東西以原液直接注入血管，一針就會害對方變成廢人。
但是……
「喔吼喔喔喔喔喔喔喔喔喔喔喔喔喔喔喔嗚？喔吼，喔吼吼吼吼？」
不愧是赤龍人族。這樣的量反而剛剛好。
我把手停下後，他便露出一副想要的表情，以沾滿鮮血的屁股磨蹭著生鮮肉棒。
「再來喔喔喔喔喔喔喔喔喔喔喔喔喔喔喔！再來啊啊啊啊啊啊！繼續侵犯我！」
「被區區的蜥蜴任意擺布，這樣好嗎？」
「可以的——我要捨棄！捨棄龍的尊嚴——！」
「咯咯……啊哈哈哈哈哈！啊啊，肚子好痛。你真是太有意思了。」
儘管絲毫沒有性的魅力，但這傢伙是有趣的生物。我稍稍湧起想把他當作寵物的念頭了。
我以不錯的感覺進行【改良】，把他的身體調整成最適合做屁眼性交的那種，同時對他下更多的藥。
他沒有我已經活不下去了。

赤龍人族的英雄已經完全結束了。
今後，他只能作為屁眼成癮的希塞齊活下去了吧。

終章 回復術士煩惱

我教育了希塞齊。

他原本就有被虐的天分，輕易就將他的身體變成沒有我就活不下去。

調教的結果，他徹底對挖屁眼這檔事上癮，要是沒有狠狠地操他的屁眼，他腦袋反而會不正常，一般的凌辱方式完全無法滿足他。

正因為他處於這種狀態，我也不需要依靠【改良】硬來，輕鬆就能自然地將他洗腦。

他現在把我視為主人仰慕著我。

而且，我也幫他治療了傷口。

畢竟他要是渾身是血參加宴會，周圍肯定會掀起一陣騷動。

教育他花了不少時間，轉眼間便來到宴會的時間了。

「我的主人，呼……呼！」

成為寵物的希塞齊一邊喘著大氣，同時帶我到了宴會會場。

這傢伙已經是我的傀儡。

只要是我說的，無論什麼都言聽計從。

看到我這個被稱為蜥蜴、侍奉著自己種族的黑亞龍族，許多人頓時一臉納悶。

希塞齊瞪視那些傢伙，讓他們閉嘴。

而我看到鐵豬族成了女僕，被赤龍人族呼來喚去，不禁感到哀傷。

她們要不是在準備宴會，就是在照顧赤龍人族之類，看起來十分忙碌。

「嗷！嗷——嗷！」

我的寵物紅蓮也與我同行。

由於她裝成普通狐狸，所以會像這樣發出狐狸的叫聲，做出不適合她的舉動。

順帶一提，歸功於我與紅蓮的靈魂彼此相連，我可以知道她在說什麼。

剛才的是「我可以吃這個好料的說？」

或許是因為這是龍的宴會，我光看就令人覺得反胃，畢竟放眼望去就是肉、肉、酒、肉、肉、酒，是紅蓮喜好的組合。

「他們族長在舉辦宴會前會先致詞，妳先等她講完吧，我姑且還是得保持禮貌才行。」

我現在的立場是下等種族，這次不過是特別允許參加宴會，不想在此引來太多反感。

「嗷……」

看到紅蓮一臉失落還真教人難受。

待會兒再讓她盡情吃吧。

「喂，希塞齊。你知道該做什麼吧？」

「當然。我會介紹吾等赤龍人族族長，菈格娜大人給您認識。」

赤龍人族占領鐵豬族的村落，在此欺凌弱小，但令人驚訝的是他們的族長居然也特地跑來這裡作威作福。

不只是被稱為名將的希塞齊，連族長菈格娜也特地跑來他們占領的邊境，一般來說不可能發生這種事。

「你們在想什麼啊？不過是要占領這麼小的村落，居然連族長都搬出來了。」

「這並非小事。吾等也是為了拚命活下來才這麼做的。自從魔王交替，我們就受到嚴重迫害……再這麼下去會被逼到絕境。所以我們才不得不採取行動。」

「那是真的嗎？你們真的有受到迫害嗎？」

在兩種意義上都不可能。

赤龍人族在所有種族當中以最強而聞名，向他們找碴是自殺行為。不要命也該有個限度。

另外一點，夏娃已經下達過指示，在現任魔王政權的期間，不得迫害與前任魔王有關係的種族。

夏娃和我不同，是個溫柔的人。即使被傷得那麼重，她依然選擇原諒對方，試圖斬斷這憎恨的連鎖。

「這是事實。否則我們不會冒這種風險。只要魔王出陣，我們勢必全軍覆沒。即使如此，我們還是選擇為了生存而戰。」

我剛才也聽說了這件事。

看來各地的反魔王勢力之所以崛起，好像是為了抵抗日漸加劇的迫害。

反魔王勢力會盡可能地隱藏自己的行動，並將勢力伸向各地。

看樣子，除了鐵豬族以外的十大種族，各自的村落以及故鄉都被盯上了。對方只要占領當地，挾持人質，藉此威脅其他人聽令的話，就可以取得金錢與物質，而且事情也會過一段時間才被發現。

而且，萬一反魔王作戰曝光，也可以同時在各地頻繁地引起暴動。

若是魔王夏娃來到某處的據點，該地的負責人就盡可能爭取時間將她困在那裡，其他勢力便趁機一鼓作氣湧向首都，破壞中樞機能。這就是他們的計畫。

他們放棄打倒魔王。因為魔王的絕對服從命令就是如此強大。

但只要破壞中樞機能，魔王的統治就會出現空白時期，失去指揮系統，導致她對各地的支配變弱。屆時這些人便能得到自由。

正因為如此，才會有好幾個種族互相協助，即使某個種族抽到鬼牌而滅族，剩下的人也一定會改變這個狀況，據說他們就是抱著這種悲壯的覺悟戰鬥的。

「若是你們沒有遭到迫害，就不會發起反魔王運動了嗎？」

「嗯，那當然。畢竟我們也不想死，都很畏懼只憑一句話就能殺死任何勇士的魔王。更重要的是，赤龍人族渴求的是具有榮耀的戰爭……可以的話，我們想在新任魔王的名下，作為魔王軍的一員發揮自己的力量。冠以魔王軍最強的名號，為了正義而戰，這是我們憧憬的目標。對於我們赤龍人族而言，最難受的就是被視為敗北者、落伍者，甚至是反叛者。」

他蘊含在這句話裡面的意念之深十分壯烈，我絲毫不認為他在說謊。

眼前發生了應該不存在的迫害。

我想得到的可能性就只有兩個。

其中一個，就是有一群傢伙無視夏娃的命令，迫害著與舊魔王有關連的種族。

這個假設非常有可能。原本現在的十大種族就是遭到前任魔王徹底迫害了好幾十年，這股恨意早已根深蒂固。

不過話雖如此，要是有那種白痴在，我肯定會殺了他。

畢竟理應最恨之入骨的人是夏娃才對，連她都扼殺內心的悲鳴，說願意原諒他們了。我絕不允許有人踐踏她的想法。

另外一個可能性，就是有某人自稱魔王軍在進行迫害。舊魔王軍當中有一群傢伙策劃奪回權力。若是他們為了增加伙伴，而選擇撥弄是非從中獲利，這麼想的話就合乎邏輯了。

（不管怎麼樣，他們幹的事情倒是挺有意思的。居然敢妨礙我戀人的夢想與願望。）

只靠目前的情報，還不足以確認真相。

我重新理解到自己必須接近反魔王聯合的中樞。

當我正在思考將來的計畫時，帶著一名隨從的女性現身了。

「那就是赤龍人族的族長嗎？」

「沒錯，那就是我們的族長，菈格娜大人。」

看起來還不到二十五歲。

那名美女頭上長著猶如紅寶石般美麗的角。

她的舉手投足威風凜凜，與指導者的頭銜十分相稱。

不僅外表，連存在都很美麗。

啊啊，真不錯，好想嘗嘗那女人的味道。

最重要的是，她身上沒有人渣的味道。

那個菈格娜要做開宴前的致詞了。

「各位同志。魔王陛下遭到討伐之後，我們持續了一段艱辛困苦的生活……但是，我們總算在這裡得到了新的平穩。」

現場頓時響起拍手與喝采。

或許是至今的生活相當艱苦，甚至還有人因此流淚。

「話雖如此，這場勝利還有平穩的生活，也不過是一時的。一旦被那個虛偽的魔王，以及惡名昭彰的黑騎士盯上，我們又會再次回到遭受迫害的生活……不，他們不會就此善罷甘休。我們到時肯定會被斬草除根。」

黑騎士……我的名字甚至傳到了這種地方啊。

「讓我們繼續拿下勝利吧。不斷贏下去，掌握真正的和平。為此，今天我們要好好地養精蓄銳。乾杯！」

「「「乾杯！」」」

她高聲地發號施令。

赤龍人族的心團結在一起了。

為了逃出痛苦的現在，為了活下去，為了守護重要的人。

我看到眼前的景象，總算不是用腦袋，而是用心靈理解了他們的想法。

他們只是為了活著而拚命。

正因為理解了這點，所以我增添了新的煩惱。

我到底該殺了誰才好？

我原本以為為了從前因為我的失誤而被殺的朋友，只要把占領鐵豬族村落的赤龍人族趕盡殺絕，再將屍體殺雞儆猴就好。

但是，真正的敵人是他們嗎？

夏娃的願望是斬斷憎恨的連鎖，我認為將他們逼到這步田地的，或許是踐踏了她這份覺悟的那幫傢伙。

我真正該殺的，難道不是那群傢伙嗎？

（如果我還是凱亞爾葛，肯定不會去想這種事情吧。）

不中意的話就摧毀，中意的話就給予愛。

這種單純的地方正是凱亞爾葛的強項。

我變回凱亞爾後失去的東西。

可是……我認為現在這樣就好。

「喂，紅蓮，已經可以吃嘍。」

「噭！」

小狐狸衝向堆積如山的肉塊。

接著，我……

「好啦，希塞齊。按照預定，把我當作新的隨從介紹給菈格娜吧。」

「遵命，我的主人。」

為了得到答案，我決定先用自己的眼睛與耳朵確認。

無論做出什麼樣的決斷，我都要深入考慮，選出有凱亞爾風格，而且能令我的女人們引以為傲的一條路。

另外，如果可以的話——

（我想要那個女人。）

就試著得到新的女人吧。

只要拯救赤龍人族，以此作為報酬應該也只是剛好而已。

看樣子，即使我從凱亞爾葛變回凱亞爾，這種地方似乎依然沒變。

赤龍人族的族長，菈格娜。我實在是非常在意她。

後記

感謝各位閱讀《回復術士的重啟人生》第九集。

我是作者「月夜淚」。

動畫總算要在二〇二一年一月開播了。所有集數我都有確實監修，還請各位讀者放心觀賞。

另外，從第九集開始凱亞爾葛做出了一個覺悟，他今後還會再逐漸改變。也請各位繼續期待第十集。

宣傳：

角川Sneaker文庫的《世界頂尖的暗殺者轉生為異世界貴族》這個系列同步連載中！

這個故事在說的，是作為道具而活的暗殺者在轉生之後，為了自己與重要的人發揮他的技術。

這部作品評價相當好，是很受歡迎的系列。我也會持續努力的。

謝辭：

しおこんぶ老師，感謝兩位總是畫出優秀的插圖！
也感謝將這本書拿在手上的各位，以及與作品有關的所有人員！
為了向在動畫化前就一直支持著我的各位報恩，我今後也會繼續努力！

後記

來到了第九集。
因為睡眠不足，腦袋完全沒辦法運作。
就算睡著也會立刻醒過來…
大概是因為每天都會喝一瓶的
能量飲料含的咖啡因吧。
雖然很想戒掉，卻老是戒不掉。
因為很好喝嘛…

啊，動畫剛好也會在這集發售時播放吧？
請各位務必收看！

小惡魔學妹纏上了被女友劈腿的我 1~4 待續

Kadokawa Fantastic Novels

作者：御宮ゆう　插畫：えーる

與學妹真由展開期間限定的「體驗交往」!?
搖擺於愛情與友情之間，有些成熟的戀愛喜劇第四集！

解開劈腿那件事所帶來的芥蒂，我跟前女友禮奈都踏出了新的一步，但也並非重修舊好，只是成為互相理解並能談心的好對象。這時，總是泡在我家的學妹真由與我的關係也逐漸改變，我們展開期間限定的「體驗交往」，開啟情侶模式的她將我耍得團團轉……

各 **NT$220~240/HK$73~80**

不時輕聲地以俄語遮羞的鄰座艾莉同學 1 待續

Kadokawa Fantastic Novels

作者：燦燦SUN　插畫：ももこ

嬌羞美少女以俄語傳情
異國風校園戀愛喜劇登場！

「И наменятоже обрати внимание.」我隔壁的絕世美少女艾莉剛才說的俄語是「理我一下啦」！其實我的俄語聽力達母語水準。毫不知情的她今天也以甜蜜的俄語遮羞？全校學生心目中的女神，才貌雙全俄羅斯美少女和我的青春戀愛喜劇！

NT$200/HK$67

繼母的拖油瓶是我的前女友 1~6 待續

Kadokawa Fantastic Novels

作者：紙城境介　插畫：たかやKi

「我問妳。『喜歡』究竟是什麼？」
前情侶面對彼此情感的文化祭篇！

時值初秋，水斗與結女同時被選為校慶文化祭的執行委員……隨著兩人獨處的時間變長，水斗試著確認夏日祭典那個吻的意義，結女則想讓水斗察覺到她的感情。兩人一邊互相刺探，一邊迎接校慶日的到來——

各 **NT$220~250/HK$73~83**

一點都不想相親的我設下高門檻條件，結果同班同學成了婚約對象!? 1~2 待續

作者：櫻木櫻　插畫：clear

「我們可以睡在同一間房裡嗎……？」
始於假婚約，令人心癢難耐的甜蜜戀愛喜劇，第二幕。

不斷累積甜蜜時光的過程中，心也越來越貼近彼此。當由弦和愛理沙一如往常地待在由弦家時，卻突然因為打雷而停電。憶起兒時心裡陰影的愛理沙半強迫性地決定留宿在由弦家，於是由弦準備讓兩人能分別睡在不同房間。不安的愛理沙卻開口拜託他——

各 **NT$250/HK$83**

國家圖書館出版品預行編目資料

回復術士的重啟人生：即死魔法與複製技能的極致回復術/月夜涙作；捲毛太郎譯. -- 初版. -- 臺北市：臺灣角川股份有限公司, 2022.06-

冊；　公分. -- (Kadokawa fantastic novels)

譯自：回復術士のやり直し：即死魔法とスキルコピーの超越ヒール

ISBN 978-626-321-523-8(第9冊：平裝)

861.57　　111005652

Kadokawa
Fantastic
Novels

回復術士的重啟人生 9

～即死魔法與複製技能的極致回復術～

（原著名：回復術士のやり直し 9 ～即死魔法とスキルコピーの超越ヒール～）

2022年6月13日　初版第1刷發行

作　　者：月夜涙
插　　畫：しおこんぶ
譯　　者：捲毛太郎

發 行 人：岩崎剛人
總 編 輯：蔡佩芬
副總編輯：朱哲成
美術設計：黃永漢
印　　務：李明修（主任）、張加恩（主任）、張凱棋

發 行 所：台灣角川股份有限公司
地　　址：104台北市中山區松江路223號3樓
電　　話：（02）2515-3000
傳　　真：（02）2515-0033
網　　址：www.kadokawa.com.tw
劃撥帳戶：台灣角川股份有限公司
劃撥帳號：19487412
法律顧問：有澤法律事務所
製　　版：巨茂科技印刷有限公司
ISBN：978-626-321-523-8
